新渡戸稲造に学ぶ

武士道・国際人・グローバル化

弴和順・佐々木啓❖編著

Kazuyori Yuhazu

Kei Sasaki

北海道大学出版会

まえがき

いまわが国は、さまざまな国際的な課題を抱えています。歴史問題、環境問題、領土問題など、いわゆるグローバリゼーションの中で発生した数多くの問題に直面する中、なかなか活路を見出せずにいます。また同時に、古来、日本人が培《つちか》ってきた確たる自信も失いつつあるように見えます。こうした現在の状況を一気に打破するのは困難なことかもしれません。しかしながら、それらの問題に対峙するに際して、ひとつのヒントを与えてくれるのが、新渡戸稲造（一八六二〜一九三三）とその主著『武士道』ではないでしょうか。

新渡戸といいますと、かつて五千円紙幣の肖像に採用されましたが、樋口一葉にデザインが一新されて以降は、馴染みの薄い存在となりました。しかし、南部藩士の子として生まれた新渡戸は、明治の近代化が進む中、札幌農学校に二期生として入学、内村鑑三らと切磋琢磨して学ぶとともに、私費でアメリカに留学し、さらにはドイツに渡って農政学の研鑽に努めました。また、その後は、札幌農学校教授、台湾総督府技師、京都帝国大学教授、東京帝国大学教授、国際連盟事務次長など、国内外での要職を歴任しました。それらを考えあわせますと、まさに明治の日本を牽引した国際人と呼ぶにふさわしい人物であったといえます。

　その新渡戸がドイツ滞在中、ベルギーの法学者エミール・ド・ラヴレーから「日本の学校では、宗教教育なしにどのように道徳教育を授けるのですか」と問われ、後年、それに答える形で執筆したのが『武士道』です。その著作は、西洋の欧米人に向けて、日本人の道徳観念としての武士道から書き起こし、武士道の淵源や徳目などを平明に解説したものですが、結果的に日本人が書いたはじめての日本人論として、とりわけ海外で高い評価を受けました。そのことは、最初にアメリカで*BUSHIDO The Soul of Japan* として出版され、それを契機に、世界各国で翻訳され、ベストセラーとなったことからも首肯できます。また、日本でも、矢内原忠雄《やないはらただお》の名訳などを通して、いままでも古典のひとつとして読み継がれるばかりか、次々に新しい翻訳が出版されています。

　さらに、『武士道』以外にも、新渡戸は、専門分野の農政学をはじめ、一般読者を想定した啓蒙的な文章をあまた遺しており、それらを通して、いまなお学ぶことがらは少なくありません。

　折しも北海道大学では、平成二十三年度より「新渡戸カレッジ」という特別教育プログラムが新たに導入されました。そのプログラムは、北大入学後、一学年二百人の学生を選抜し、国際性に富んだ新渡戸の精神を学びながら、実践的な英語力を磨くとともに、在学中に海外留学を経験することを通して、将来、国際的な舞台で活躍するリーダーの養成をめざす取り組みです。

　そうした中、北大大学院文学研究科・文学部では、平成二十六年三月二十一日、国内外から新渡戸の研究者を招いて、東京で国際シンポジウム「新渡戸稲造とこれからのグローバル化――『武士道』と国際人」を開催しました。これは、北大大学院文学研究科・文学部の有する広汎であり、かつ高度な研究力を全国にアピールするのを目的とした試みのひとつです。

そのシンポジウムの第一部では、新渡戸と『武士道』を軸にして、気鋭の研究者がさまざまな角度から講演しました。また、第二部のパネルディスカッションでは、新渡戸研究者のみならず、学外で活躍中の北大文学部卒業生を加えて、「日本人にとって真の国際化とは何か」をテーマとした討論を行いました。詳細については、巻末の「あとがき」に譲りますが、このシンポジウムを企画・実施したメンバーが中心となり、その成果の一部として執筆・編集したのが、本書にほかなりません。

現代のわれわれから見れば、新渡戸の思想には、光と影との部分がないわけではありません。しかしながら、そのことを踏まえた上で、人文学全体を視野に入れつつ、総合的な見地から新渡戸その人を考究することは、今後、ますます重要視されるように思います。また、そうした考察を通して、異文化社会との共生を図りながら、日本人が自ら果たす役割について考えることも必要になると思われます。この小著が、新渡戸稲造の世界へいざなう第一歩となり、さらには、わが国におけるグローバル化の未来を考える上での手引書となれば、編者としてそれにまさる慶びはありません。

編　者

目次

まえがき

第Ⅰ部　新渡戸稲造と『武士道』

第一章　日本人論としての『武士道』……山本博文…3

はじめに　3

一　新渡戸が『武士道』を書いた理由　5

二　道徳体系としての武士道　7

三　武士道の源泉と徳目　9

四　外国人の誤解を解く五章　13

五　理想的日本人論としての『武士道』　17

六　もうひとつの武士道　22
七　日本文化論の嚆矢としての『武士道』　25
おわりに――現代人にとっての『武士道』　28

第二章　新渡戸稲造『武士道』と儒教……弥　和順……31

はじめに　31
一　新渡戸稲造の生涯　32
二　『武士道』の執筆　35
三　『武士道』の構成　37
四　武士道の定義　39
五　武士道の源泉　41
六　武士道における徳目　44
七　武士道における「義」　47
八　武士道における「勇」　51
九　武士道における「仁」　55
おわりに　62

第三章　新渡戸稲造の宗教……………………佐々木　啓…65
はじめに　65
一　キリスト教徒、クエーカーの一員となるまで　66
二　クエーカー　75
三　クエーカーとしての新渡戸稲造　83
四　新渡戸・宮部・内村と彼らの間――結論に代えて　93
第Ⅱ部　歴史の中の国際人　新渡戸稲造
第四章　二十一世紀に読む『武士道』……………トレント・マクシ…109
はじめに　109
一　『武士道』と現代の国際化　111
二　新渡戸稲造の略歴　112
三　『武士道』の世界　115
四　新渡戸の「武士道」論　118
五　「武士道」と身分制度　122
六　「武士道」とキリスト教　128

七　歴史の中の「武士道」　130
おわりに　135

第五章　新渡戸稲造と札幌農学校の国際人……ミシェル・ラフェイ……137
はじめに　137
一　「積極的国際化」と「消極的国際化」　139
二　『武士道』と『代表的日本人』による「積極的国際化」　142
三　フォークと箸　145
四　ブルックスと大豆　147
五　内村ロード　149
六　「制度に従わない」内村鑑三の影響　152
七　国際結婚　154
おわりに　156

第六章　新渡戸稲造にみる「国民的立場」と「人類的立場」の問題……権　錫永……161
はじめに　161
一　新渡戸稲造の日本理解の態度——自己弁護の態度　162

二　新渡戸稲造の朝鮮理解の態度――「検事」の立場　171
三　国際心に包まれた愛国心――人類の福利増進と日本の膨張との接点　176
四　近代人のジレンマ――国民的立場と人類的立場、そして中道　185
五　石橋湛山と矢内原忠雄の場合――むすびに代えて　191

第Ⅲ部　パネルディスカッション

人文学研究のグローバル化とその可能性……199
トレント・マクシ
ミシェル・ラフェイ
権　錫永
日野峰子
白木沢旭児

はじめに　199
一　日本の国際化の現状　204
二　グローバル化と海外留学　208
三　グローバル化と外国語の学習　212
四　グローバル化と「寂しさ」　216

五　グローバル化とコミュニケーション　219
六　他国におけるグローバル化　225
七　グローバル化と日本人の国民性　230
八　文学研究科・文学部の果たす役割　232
九　グローバル化とリーダーシップ　233
十　人文学研究の可能性　236

読書案内　245
新渡戸稲造略年譜　249
あとがき　259
写真・図出典一覧　265
執筆者紹介　267

第Ⅰ部　新渡戸稲造と『武士道』

第一章　日本人論としての『武士道』

山本博文

はじめに

新渡戸稲造の著書『武士道――日本人の魂』は、明治三十三年（一九〇〇）、*BUSHIDO The Soul of Japan* としてアメリカで出版された。新渡戸が三十九歳のときである。日本でも同年十月出版、その後ヨーロッパ各国でも翻訳が出版され、世界的なベストセラーとなった。日本語訳は、明治四十一年に桜井鷗村による翻訳が丁未出版社から出版され、昭和十三年（一九三八）には、定評のある矢内原忠雄の訳書が岩波書店から出版された。そのほか数種類の翻訳が出され、現在まで読み継がれるロングセラーとなっている。ちなみに本書の引用は、拙訳『現代語訳 武士道』（ちくま新書、二〇一〇年）による。

新渡戸は、文久二年（一八六二）八月三日、南部藩士新渡戸十次郎《じゅうじろう》と妻勢喜《せき》の間に、三男として生まれた。十次郎は、父の傳《つとう》とともに三本木原（青森県十和田市）の開拓を行っており、稲造の「稲」の字は、その地域ではじめてとれた稲にちなんだものという（初名は「稲之助《いなのすけ》」）。現在、その地に、十和田市立新渡戸記念館が建っている。

六歳のときに父を失った新渡戸は、明治四年（一八七一）、祖父傳の勧めで叔父の太田時敏《ときとし》の養子となって上京し、十二歳のとき、東京外国語学校に入学した。その後、札幌農学校、東京大学などで学び、アメリカへ留学する。新渡戸は、東京大学に入学するとき、教授に「太平洋の橋になり度《たい》と思ひます」と抱負を述べた（『帰雁の蘆』）ように、早くから外国留学を志していたのである。

帰国後は、札幌農学校、台湾総督府勤務を経て、京都帝国大学教授、第一高等学校校長、東京帝国大学教授、東京女子大学初代学長などを歴任、大正八年（一九一九）には翌年発足する国際連盟事務次長に内定し、翌年から十五年まで七年間務めた。辞任後は貴族院議員などを務めている。

日本人の思考方法や風習について疑問に思い、よく新渡戸に質問していた妻のメリー・エルキントンは、新渡戸と同じキリスト教の一会派であるクエーカー教徒で、アメリカ留学時にクエーカーの集会で知り合った。新渡戸にとってクエーカー主義の影響は大きく、この思想に出合ったことで、キリスト教と東洋思想とを調和させることができたと語っている。

武士身分は、新渡戸が『武士道』を書いた時点ですでに過去のものであり、武士道もすでに消滅の運命にあるとされている。現在の日本人にとっては、武士道はさらに古い過去の道徳だが、それにもかかわらず、現代でも新渡戸の『武士道』を推奨する声は強い。

しかし、歴史的に形成され、ある特定の時代に影響力をもった思想を、まったく別の時代にその表面だけをなぞることによって生きた思想にすることはできない。また、新渡戸の『武士道』は、武士の倫理や思想の一部を伝えているかもしれないが、これが江戸時代の武士道そのものだというわけではない。だからこそ、『武士道』がどのような書物であるかを、以下に述べていくように正確に理解する必要がある。

一　新渡戸が『武士道』を書いた理由

新渡戸が『武士道』の執筆を思い立ったのは、ベルギーの法学者エミール・ド・ラヴレーから、宗教教育がない日本でどうやって道徳教育が授けられるのかと問われ、即答できなかったことを挙げている。そのド・ラヴレーへの遅れた回答が『武士道』であり、武士道こそが自分に道徳の観念を吹き込んでくれた教育精神であった、というものである。

確かに、『武士道』執筆にあたってド・ラヴレーの質問がひとつの契機となっていただろうが、実際の動機は、それだけではなかったはずである。

明治初期、イギリスに留学したある元旗本は、下宿屋の娘から、「侍は大小二本の刀をもっていて、大きい刀では人を斬り、小さい刀では自分を刺すというが、本当ですか」と尋ねられたという

（本多晋「屠腹ニ関スル事実」『史談会速記録』第二八六輯）。

幕末維新期の攘夷運動の中で、日本人に斬られた外国人は多い。イギリス人は、薩摩藩主の父、島津久光の行列を横切った貿易商人が斬殺されている（生麦事件）。『武士道』にも、岡山藩兵がフランス人水兵らを銃撃したため、隊の責任者であった滝善三郎が切腹する様子が外国人の筆によって詳しく紹介されている（神戸事件、第十二章）。フランス人水兵を射殺した責任をとって、十一人の土佐藩士がフランス公使の眼前で次々と切腹して果てた堺事件も森鷗外が小説に書いて有名である。外国人と見れば刀を振るい、罪に服するときは、自らの刀で自らの腹を割くという日本人の姿は、欧米人から見れば未開の国の野蛮人そのものだっただろう。

『武士道』の執筆が進められた明治三十二年（一八九九）は、日本が四年前に日清戦争に勝利し、ようやく世界の先進国の仲間入りをしようとしていた時期である（刊行は翌年一月）。国際人であった新渡戸は、そうした誤解を解かなければならないと考えたに違いない。

新渡戸が、第十二章と第十三章で、切腹を礼法上の制度とし、武士階級の間では刀の濫用が強く抑制されたことを懇切に説明しているのは、それを強く意識したものだろう。『武士道』執筆の本当の意図は、おそらく、日本が法律と礼儀を備えた文明国であるということを主張するところにあったのである。

二　道徳体系としての武士道

新渡戸は、『武士道』を、「道徳体系としての武士道」という章から書き始めている。冒頭の一文は、武士道を「桜の花」にたとえた有名なものである。

　武士道chivalryは、日本の標章《しるし》である桜の花にまさるとも劣らない、わが国土に根ざした花である。

これは、本居宣長の「敷島の　大和心を　人問はば　朝日ににほふ　山桜花」という和歌を下敷きにしたものだが、宣長の場合は「大和心」すなわち日本人の心の象徴としたものを、新渡戸は「武士道」の標章としている。これには留意しておきたい。

新渡戸は、まず「武士道」をシヴァルリー(chivalry)と英訳している。武士道を、ヨーロッパのシヴァルリー(騎士道)と類似した道徳、あるいは身分に伴う生き方だと紹介し、その上で、「ブシドウ」は単に「騎士の倫理」というよりも深い意味があるとした。

　「武士道」は、語句の意味で言えば、戦う騎士の道、――すなわち戦士がその職業や日常生活において守るべき道を意味する。ひと言で言えば、「戦士の掟」、つまり戦士階級における「ノブレス・オブリージュ noblesse oblige〔高貴な身分に伴う義務〕」のことである。

そして、その基本的な性格については、「武士が守るよう要求され、また教えられた道徳の掟《おきて》」であるが、文字に書かれた掟ではなく、「せいぜい口伝《くでん》によって受け継がれたものだったり、有名な武士や学者が書いたいくつかの格言によって成り立っているもの」だとする。

それは、「数十年、数百年におよぶ武士たちの生き方から自然に発達してきたもの」だった。しかし、武士道の掟は、語られず、書かれてもいないからこそ、いっそう「武士たちの内面に刻み込まれ、強い行動規範として彼らを拘束した」という。

確かに新渡戸のいうように、「武士道」は、明文化されたものではなく、何かはっきりとした決まりがあってそれを守っていればよい、というものではなかった。そのため、武士としての掟を守っていたつもりでも、「臆病」であるとか「卑怯」だという評判が立てば、切腹して身の潔白を立てないと生きていけなかったのが江戸時代の武士だった。

そして、それは、「有名な武士や学者が書いたいくつかの格言によって成り立っている」としても、これを読めば「武士道」がわかる、というような書物はなかった。軍学書や兵法書はあっても、「武士道」そのものを解説したスタンダードな書物は少ないのである（拙著『武士道の名著』中公新書、二〇一三年）。しいていえば、室鳩巣《むろきゅうそう》の『明君家訓』や大道寺友山の『武道初心集』など、山鹿素行《やまがそこう》の「士道論」の系譜に連なる書物がそれにあたるが、武士がその生活において強制されている「道徳の掟」とは微妙にずれるものだった。

その意味で新渡戸の『武士道』は、日本ではじめて武士道思想を体系的に述べようとした書物だということができる。それが、海外でも日本でも、武士道の参考書としてベストセラーになったひとつの要因だと考えられる。

三　武士道の源泉と徳目

新渡戸は、第二章で、武士道の思想的源泉が神道、仏教、儒教にあるとして、それを解説している。

仏教が武士道にもたらしたものは、「運命に対する穏やかな信頼、避けられない事柄を心静かに受け入れ、危険や災難を目にしてもストイックに落ち着き、生に執着せず、死に親しむ心」であった。

神道は、「他の宗教では説かれることのない主君に対する忠、祖先への崇拝、親への孝」を教え、「君主への忠誠心と愛国心を徹底的に吹き込んだ」とする。

そして、道徳的な教義については儒教がその中心となった、とする。儒教の祖である孔子から学んだことは、「五つの道徳的な関係、すなわち君臣、父子、夫婦、兄弟、朋友の関係」である。ただしこれは、「彼の著作が中国からもたらされるはるか以前から、日本人が本能的に知っていたことを追認したものにすぎない」もので、こうした倫理は日本にもともと存在していたと主張する。そして、新渡戸は、孔子の教え以上に孟子の思想が重視され、孟子の「力強い、ときにきわめて人民主義的な理論は、物に感じやすい人びとには特に好まれた」とする。これは、吉田松陰らが好んで孟子の著作を解説していることからも首肯できる議論である。

武士道を、仏教、神道、儒教を源泉とするものと分析したことは、それまでなかった視点である。西洋の学問を修めた新渡戸は、このように分析的思考ができることによって、武士道を世界に理解されうる思想のひとつとして提出することができたのである。

ただし実際は、神道の武士道への影響は限定的だった。神道の教義が形づくられたのは室町時代だが、江戸時代における思想的影響は小さなものだったからである。このあたりは、新渡戸が明治の国家神道に影響されていたことを示している。

仏教は、確かに戦国の明日をも知れない世の中で、自身の無常を悟るためには必要だった。しかし仏教は、積極的に戦いに生きることを教えるものではない。

むしろ武士道の源泉は、武士発生以来の「弓矢取る身の習い」という自然発生的に成立した戦闘者に特有の倫理であった。これは戦いの中で形づくられたものである。そして、その中で運命への諦観を教えた仏教の教義が、次第に武士の心に入っていった。統治者の学問である儒学が武士に受け入れられたのは、武士が為政者としての役割を期待されるようになる江戸時代のことになる。

次いで新渡戸は、第三章から第九章で、「義」「勇気」「仁」「礼」「信と誠」「名誉」「忠義」の順に武士の徳目を解説していく。

新渡戸が、まず一番目に取り上げたのは「義」である。「義」とは、正義のことで、武士として踏み行うべき道を指し、人間の身体にたとえれば骨にあたる。骨がなければ、人間は立つことができない。才能があっても、学問があっても、義がなければ世の中に立つことができない、とする。そしてその本質は、次のように、卑怯な行動を排し、正しい行いを心がけるということである。

サムライにとって、卑怯な行動や不正な行為ほど恥ずべきものはない。

義を行うためには、「勇気」が必要である。勇気は、義と「双子の兄弟」だとされる。ただし、正義のために振るわれるのでない勇気は、美徳ではない。ただやみくもに死に向かっていくような勇敢さは、「匹夫の勇」で真の勇気とはいわない。

勇敢な心が精神に定着すると、平静となってあらわれる。本当に勇敢な武士は、常に平静なのである。そして、勇敢さがそうした高みに達すると「仁」に近づく、という。

「仁」は、愛情、寛容、他者への情愛、同情、憐憫という最高の徳だとする。そしてそれは、王者の徳であり、王者の職分にふさわしいものとされた。

当時、東洋の国家は専制主義であるとして批判されていた。新渡戸は、その誤解を解くため、フレデリック大王の「王は国家第一の召使いである」という言葉を引用し、米沢藩主上杉鷹山《ようざん》がこれとまったく同じ宣言をしていると指摘する。それは、次のようなものである。

国家人民が立てた君主であって、君主のために立てた国家人民ではない。

この言葉は、内村鑑三が『代表的日本人』の中で取り上げていて、よく知られていた。日本の封建時代が、必ずしも専制主義や圧政ではなかったことをよく示したといえよう。

そしてまた、一般の武士にも、敗者に対する「武士の情け」という徳があり、「弱者、劣者、敗者に対する仁は、特にサムライにふさわしいものとして、いつも賞賛された」と解説する。

「礼」は、他人の気持ちを思いやる心のあらわれで、物の道理を正しく尊重することである。そしてそれは、社会的地位に対して相応の敬意を払うことを意味する。

「信」と「誠」は、礼を支える徳である。武士は、社会的地位の高さから、百姓や町人よりも高い水準の信を要求された。「武士の一言」は、必ず守らなければならないことで、証文などなくても履行される。武士にとって、証文を書くこと自体がその威厳を損なうことだと考えられていた。

「名誉」は、武士が最も重視したものだった。「もし名誉と名声が得られるならば、生命さえ安価だと考えられた」のである。

そして「忠義」は、封建道徳特有の徳目であり、生命よりも重視され、武士の教育と訓練は、主君のために生命を捨て武士としての名誉を守ることを目的として行われた、とする。ただし、忠義は、「自分自身の良心を、主君の気まぐれな意志や酔狂や妄想のために犠牲にする」ことではなかった。もし主君が誤った行動をとろうとした場合は、自分の命を犠牲にしてでも主君に諫言する必要があった。

つまり、新渡戸の議論をたどっていくと、忠義を果たすこと自体が武士にとって名誉の行動であり、忠義とは武士が自分の名誉を守るための主体的な行動だった、と理解できる。すなわち、主君への忠義という絶対的な徳目も、実は武士としての名誉を守るための行動だったのである。そうである以上、主君が間違っていると考えたときは、主君のためにその命令に背くことも忠義となる。幕末期に、雄藩の下級武士たちが、必ずしも藩主の命に服さなかったのも、逆説的だが武士道思想があったからなのである。

四　外国人の誤解を解く五章

第十章では、「武士の教育」が論じられる。その冒頭で新渡戸は、次のように述べている。

武士の教育で重視された第一の点は、人格の形成であり、思慮、知識、弁舌などの技術的な才能は軽視された。武士の教育において芸術的たしなみが重要な役割を果たしたことは、すでに述べた。それは、教養ある人にとっては不可欠だったが、サムライの訓育の本質ではなく、アクセサリーだった。

武士の教育の目的は、人格形成にあったのだという。この議論は、確かに武士道教育の一面の真実を突いている。多くの武士は、その影響で知識や学問を軽く見ていた。

第十一章「克己」では、日本人の忍耐の訓練について述べている。これは、日本人があまり感情を表現しないことから、外国人に誤解されがちだったからである。

武士は、子どもの頃から、「感情が高ぶったからといって涙を流したり、呻き声をあげたりしてはならない」と教えられてきた。自分の悲しみや不平、窮状を相手に話すことは、相手を不快にさせることだと考えるからである。そのため、日本人は、最も深い悲しみのときでさえ、訪問客に笑みを浮かべて応対する。これは、日本人がそうした感情に鈍感だからというわけではない。日本人が、最愛の子どもを失ったときでさえ笑いを浮かべるのは、日本人の笑みが、「逆境によって乱された心の平衡を回復しようとする努力を隠す幕」だからなのである。

第十二章では、武士社会の特徴的行動である切腹と敵討《かたきうち》について論じている。切腹は、「法律上ならびに礼法上の一つの制度」であり、「武士が罪をつぐない、過ちを詫び、恥を免れ、友を救い、自己の誠実を証明する行為」だった。新渡戸は、敵討も、無政府的な蛮行ではなく、人の正義感から行われるもので、「ある種の倫理的平衡感覚を保つための裁判所」であるとしている。

死に対しても、無駄に死に赴くことは否定されていた、と述べる。それは、次のように「卑怯」ですらあった、とする。

真の名誉は、天命を成就することにあり、それを全うしようとして招いた死は決して不名誉ではない。これに反して、天が与えようとするものを避けるための死は、じつに卑怯である！

武士は、天命を成就するために生きているのであり、そのために死ぬのはやむをえないが、必ずしも死ぬことが目的ではなく、やみくもに死に急ぐのは卑怯だ、というのである。新渡戸の文章を読むと、本来的に非合理的だった武士道の「死の覚悟」も、ずいぶん理性的なものとして解釈されているということができる。

第十三章では、武士の武器である「刀」を取り上げる。刀は、「武士の魂」であり、「この凶器の所有そのものが、彼に自尊と責任の感情および態度を賦与する」と述べる。これは、人を斬るために常に腰に帯びているのではない。

武士道は、刀を適切に使うことを大いに重んじ、その濫用を戒め、嫌悪した。必要もないのに刀をふるう者は卑怯者であり、虚勢を張る者とされた。冷静沈着な人は、刀を用いる正しい時を知っているが、そのような機会は稀にしか来ない。

刀をもっていた日本のサムライが、むやみに刀を振るう野蛮人のように思われていることに対して反論したものである。

確かに、一七七五年に東インド会社の一員として来日したスウェーデン人カール・ツンベルクが、日本においては法律が非常に厳格であることを述べ、すべて殺人を犯した者は死刑に処せられ、「刀を抜いた者、密売者及び密買者即ち売主買主共に、又死刑に処せられる」（山田珠樹訳註『ツンベルク日本紀行』雄松堂書店、一九六六年、二八五頁）と書いているように、刀を抜いただけでも死刑だから、武士が刀を抜くのは死を覚悟したときであった。

刀を抜けば、相手を斬るか自分が斬られるかで、もし相手を斬り殺したら、そのために切腹が命じられる。また、斬り損じて生き残ったとしても、斬り損じたという理由で切腹が命じられることもある。自分の命を守るためには刀を抜かないことだというのが、武士の心得だった。

新渡戸の記述は、まさしく江戸時代の武士の子弟への教育を正しく示していると思われるが、実際には刀の濫用が多く、またある場面では刀を抜かなければならないという観念があったからこその教えだった。

第十四章「女性の教育と地位」では、武家の女性について述べられている。ヨーロッパでは、日本の女性の地位は低いと考えられていた。しかし、女性が男性に献身的に尽くすのは、自己犠牲の精神によるものである。武家の少女は、幼い頃から自己犠牲を教えられてきた。そしてそれは、新渡戸によれば、武士が主君に生命を捧げるのと同様の自発的な行動だったのである。
そして外国人の、日本では妻は軽蔑され、尊敬されていないという皮相な見解に対して、決してそうではない、という。日本人は、妻を自分の半身だと考えているから、自分の妻を「荊妻《けいさい》」などとけなして呼ぶことは礼儀にかなうことなのである。

五　理想的日本人論としての『武士道』

新渡戸は、第十五章で、武士道の影響として、武士によって形づくられた武士道倫理が全日本人の理想となり、民衆の間に広まっていったと述べている。

武士の美徳は、わが国の国民の一般的水準よりもはるかに高いものだった。太陽が昇る時、まずもっとも高い峰を朱に染め、次第に下の谷々を照らすように、最初に武士道として結実した倫理体系は、時がたつにつれて大衆からも追随者を呼び込んだ。

これには、異論がないわけではない。新渡戸が挙げている美徳は、必ずしも武士道に発するものだけではないからである。

たとえば、戦国時代から安土桃山時代にかけて日本に来たイエズス会の宣教師たちは、ほぼ一様に、日本人の名誉心の強さを指摘している。そしてそれは、武士階級の者に限ったことではなかった。十六世紀に三度日本を訪れたイエズス会巡察師アレッサンドロ・ヴァリニャーノは、日本人について、次のように書いている（松田毅一・佐久間正・近松洋男訳『日本巡察記』東洋文庫、平凡社、一九七三年、六頁）。

日本人は、全世界でもっとも面目と名誉を重んずる国民であると思われる。すなわち、彼等は侮蔑的な言辞は言うまでもなく、怒りを含んだ言葉を堪えることはできない。したがって、もっとも下級の職人や農夫と語る時でも我等は礼節を尽くさねばならない。さもなくば、彼等はその無礼な言葉を堪え忍ぶことができず、その職から得られる収入にもかかわらず、その職を放棄するか、さらに不利であっても別の職に就いてしまう。

意外なことに、安土桃山時代の「もっとも下級の職人や農夫」でも、面目と名誉をことのほか重んじたというのである。

新渡戸も、商人の債務者でさえ、「貸していただいた金子《きんす》の返済を怠った時は、衆人の集まる席で笑っていただいてもかまいません」という言葉を証文に書き入れ、返済に努めたことを指摘している（第七章）。面目や名誉は、武士の専売特許ではなく、商人には商人道という名誉を重んじる倫理があった。当然、職人や農夫にもそれぞれの身分や職分に応じた倫理があっただろう。

新渡戸の『武士道』は、武士道を解説しようとしながら、次第に武士を離れ、日本人一般の美点を挙げ、それを外国人に理解させせようとするものになっている。それは、新渡戸の時代にもすでに失われつつあった理想的日本人論だということができる。新渡戸が武士道を、宣長が大和心の標章とした「桜の花」にたとえたのも当然だったのである。

新渡戸が『武士道』を書いた十九世紀末の日本では、すでに武士階級は消滅し、「武士道」的な思考様式もすでに過去のものとなりつつあった。しかし新渡戸は、第十六章「武士道はまだ生きているか」において、まだ武士道的な思想は生きていることを主張している。新渡戸にとって日清戦争の勝利は、「忍耐強さ、不撓《ふとうふ》不屈《くつ》の精神、勇敢さ」によるものであり、まさに「武士道」の賜物だったのである。

しかし、新渡戸は、第十七章「武士道の将来」において、武士道が早晩消え去る運命にあることも予言している。新渡戸は、世界的なデモクラシーの潮流が、貴族主義的な倫理である武士道の名残を呑み込もうとしている、と認識していた。

新渡戸は、これからの世界の主流になるのは中途半端な屁理屈屋の好む功利主義と唯物主義という「損得哲学」だと危惧している。しかしそれらの主義の影響力は大きく、それに対抗できる力のある唯一の倫理体系は、キリスト教だけだとする。おそらく新渡戸は、武士道が自分の信仰するキリスト教の倫理体系の中に組み込まれて生き延びることを望んでいたのであろう。

このように武士道は、新渡戸でさえ、二十世紀初頭においてすでに「名誉ある葬送の準備」をしなければならない倫理体系だった。しかし新渡戸は、「完全に絶滅することが武士道の運命ではありえない」とする。不死鳥はただ自分自身の灰の中から甦る。新渡戸は、一旦は塵となった武士道も、新生日本の進歩の道を導くために新しい道徳として不死鳥のように甦るのだ、と予言する。

博学な新渡戸は、ヨーロッパの思想家、学者の言葉を縦横に引用して、武士道が普遍性をもつ道徳であることを示そうとした。これは、ヨーロッパの読者を驚かせるための手法だと氏自身が述懐したそうだが、それが彼らの理解の助けになったことは確かであろう。馴染みの思想を例にとって説明すれば、遠い異国の思想も身近に感じられるからである。

冒頭で、武士道を桜の花にたとえた新渡戸は、第十五章の「武士道の影響」で、ヨーロッパ人が好むバラと対比して、次のように述べている。

ヨーロッパ人がバラをほめたたえる気持ちを、私たちは共有できない。バラは、桜の単純さに欠けている。またバラが、甘美の下に棘《とげ》を隠していること、生に強く執着し時ならず散るよりはむしろ茎の上で朽ちることを選び、まるで死を嫌い恐れているようであること、派手な色彩、濃厚な香り――これらすべては桜と著しく違う性質である。

わが桜花は、その美の下に刃も毒も隠しておらず、自然が呼ぶ時にいつでも生を捨てる準備ができている。その色は華美ではなく、その香りは淡く、人を飽きさせない。色彩と形状の美しさは、外観に限られる。色彩と形状は固定した性質である。これに対し香りはうつろいやすく、生命の息のように天上にのぼる。

新渡戸は、ヨーロッパの思想をスタンダードなものとしながら、ヨーロッパ人の生への執着を批判し、死をものともしない武士道の精神を誇っているのである。

重要なことは、新渡戸が、武士道精神を賞賛しながら、いまや武士道は滅びつつあるという認識に立っていることである。徳川日本と武士道は、幕府滅亡後三十年にして、誰の目にもその終焉が見えていたのである。それは、抵抗しがたい時代の流れだった。

新渡戸によれば、功利主義や唯物主義と対抗できる力のある唯一の倫理体系は、キリスト教だけだった。ローカルな倫理体系である武士道は滅びてもよいが、武士道的な思想を継承するために日本人はキリスト教の側に立たなければならない、というのが新渡戸の考えだった。

こうしたところから、新渡戸のこの書物は、武士道をキリスト教的精神で説明したものと誤解されることもある。しかし、クエーカー教徒だった新渡戸は、当時、日本で布教しているキリスト教各派の宣教師のあり方には批判的だった。また、武士道とキリスト教の類似に言及してはいるが、新渡戸の述べた武士道論が、キリスト教の教義で説明されているわけではない。

ただ、江戸時代初期の武士が好んでキリスト教に入信し、教えを捨てることを強要されたときはむしろ殉教を選んだように、キリスト教の教義には武士道と通底するものがある（拙著『殉教』光文社新書、二〇〇九年）。新渡戸が、武士道が滅びた後、拠って立つべき思想はキリスト教のようなグローバルな思想しかない、ということを主張するのも理解できるところである。

六　もうひとつの武士道

新渡戸が生まれたのは文久二年（一八六二）だから、彼が武士の子として過ごしたのはわずか六年にすぎない。しかし、明治時代初期の旧武士家庭は、藩政時代と同じような教育をしていたから、新渡戸の紹介する武士子弟の教育は、史料としての意味をもっている。

たとえば、第四章に見られるように、武士の子弟は、冬の寒い日に日の出前に起こされ、朝食もとらずにはだしで師匠のところへ素読の稽古に行ったり、胆力をつけるため、夜、処刑場や墓場や幽霊屋敷に出かけるというような遊びをした、というのはおそらく事実であろう。第十章にあるように、武士の子は金銭を汚いものだと教えられ、数学教育がほとんどなかったというのも事実である。身分の高い武士は、使用人に買い物に行かせ、物を買っても自分で計算はせず、財布を商人に渡して必要なだけをとらせた。

ただし、新渡戸は、「弓矢取る身の習い」とされた武士の倫理、近世においてはしばしば「武士の一分《いちぶん》」などという言葉であらわされた武士特有の名誉意識を取り上げていない。その代わりに、普遍思想である儒学によって義や礼が説明される。儒教、とりわけ朱子学は、武士が為政者としての役割を果たすために必要とされた学問である。江戸時代前期の武士は、学問を軽視する者も多かったが、新渡戸が幼少時を過ごした幕末期には、武士子弟の教育は『論語』の素読から始まっている。

こうしたことから、武士は儒教の感化を受け、非常に合理的な思考方法をとるようになっていた。新渡戸は、意識的に「武士の一分」を排除したのではなく、武士道を説明するために想起することがなかったのだろう。そのため新渡戸の武士道論は、儒教的色彩の濃い道徳思想になっているのである。

しかし、武士道は、もともと戦闘者の倫理である。そのため独特の名誉の感覚をもち、臆病や卑怯とされる行為には病的なまでに厳しく、非合理的なものであった。

佐賀藩士山本常朝《つねとも》は、「武士道とは死ぬことと見つけたり」（『葉隠《はがくれ》』）と語っている。武士道とは死ぬことだ、というのは、武士の奉公とは死ぬことだと理解されやすい。しかし、常朝の意図はそうではなかった。武士は、臆病とか卑怯だとかの評判が立てば、腹を切らなければならない。それを回避するため、二者択一を行わなければならない局面では、死ぬ確率の高い方を選べ、というのである。

たとえば同僚が喧嘩をして、斬られそうになっている。そこに出ていって助太刀すれば、相手に斬られるかもしれない。相手を斬っても、自分は切腹である。しかし、もし見て見ぬふりをすれば、卑怯な行動として切腹を命じられ、武士の面子は潰れる。それなら、相手と刀を交え、死ぬ方がいい。同じ死ぬのでも、恥にはならないからだ。

常朝の言葉は、そうした非合理で厳しい武士社会の中で、確かな意味のある教えだったのである。

こうした通念がある武士社会においては、死を恐れないことを教える一方で、腹を切らなければならない羽目に陥らないよう、臆病なほど振る舞いに気をつけることも教えなければならなかった。「負けるが勝ち」というのは、そうした処世のための教えであったのだろう。武士が刀を抜けないことを見越して、田舎から出てきた勤番武士をからかう町人は江戸にいくらでもいた。こうした者に対して刀を抜けば、その時点で彼は破滅であった。武士は、平和な世の中で戦闘者としての存在を示すという倫理のダブルスタンダードを要求されたのである。

「忠臣蔵」として、いまでもよくテレビや映画になる赤穂事件もそうである。江戸城で刃傷《にんじょう》事件を起こした赤穂藩主浅野内匠頭《たくみのかみ》は、幕府の法によって切腹を命じられた。最高権力者が法によって裁いたのだから、事件はそれで終わらなければならない。しかし、武士の社会はそれでは済まなかった。

主君が喧嘩を仕掛けた敵が生きているという状況は、そのままにしておくことはできない。天下の大法である「喧嘩両成敗」という「正義」が実現されていない「片落ち」の状況だからである。赤穂藩は断絶しても、旧赤穂藩士は、自力でその正義を実現しなければ、武士として生きていくことができない。そのため彼らは、主君の敵吉良上野介《きらこうずけのすけ》の屋敷に討ち入り、吉良の首をとらなければならなかった。それが「武士の一分」というものである。

徒党を組んで討ち入りすることは、幕府法上においては明確に違法行為であった。しかし、旧赤穂藩士にとっては、武士の法である「喧嘩両成敗」を実現する正義の行動であると考えられた。討ち入りに参加した者の手紙を読むと、それが武士の道であり人として行わなければならない行為だと信じていたことがわかる。そして討ち入りを成功させた四十六士に対して、多くの助命嘆願があり、浅野に切腹を命じた将軍綱吉でさえ処分を迷ったことは、それが彼らの独りよがりな考えではなかったことを示している。

法に従って生きることが必要な世の中で、法を越える武士の法があるという観念のもとで武士は生きていた。新渡戸のいうように、「負けるが勝ち」といって済む社会ではなかったのである。新渡戸の武士道は、そうした葛藤のない武士道であり、その意味で、超時代的な武士道であった。現代を生きる人間にも受け入れられやすいのは、そのためである。

七　日本文化論の嚆矢としての『武士道』

新渡戸は、日本人の美点を、すべて武士道の道徳によるもので、民衆の美徳も武士道の感化によるものと見る。しかし、すでに述べたように、新渡戸の挙げている美徳は、必ずしも武士道に発するものだけではない。

相手への思いやりが強いことも、武士だけではなく、日本人の特性である。たとえば贈り物をするとき、アメリカ人は品物を褒めそやすが、日本人は軽んじて悪くいう。これは、アメリカ人がその品物が相手にふさわしい良い物であることを強調するのに対し、日本人は相手を尊重するがゆえに、どんな品物でも相手にふさわしくないということを表現しているのだという。一見、相手を尊重しているように見えるアメリカ人の言葉は自分中心で、日本人の言葉はあくまで相手があってのものである。こうした説明は、少しでも日本人に接したことがある外国人なら、膝を打って納得したことだろう。

相手への思いやりという点では、新渡戸は、外国人がいつも不審に思う日本人の笑みについて、第十一章に次のように書いている。

日本人の友人を、彼がもっとも深い悲しみにある時に訪問してみよ。彼は、目を真っ赤にし、頬をぬらしながらも、いつもと変わらず笑みを浮かべてあなたを迎えるだろう。

「もっとも深い悲しみ」とは、たとえば子どもを失ったときである。そういうときですら、日本人は、自分の悲しみを相手に訴えることは相手を不快にさせることだと考え、笑みを浮かべて迎えたのである。

こうした感情の抑制や相手への思いやりも、武士階級にとどまる美徳ではない。先に紹介したヴァリニャーノは、日本人一般の気質として、次のように書いている（『日本巡察記』一三頁）。

ヨーロッパ人と異なり、彼らは悲嘆や不平、あるいは窮状を語っても、感情に走らない。すなわち、人を訪ねた時に相手に不愉快なことを言うべきではないと心に期しているので、決して自分の苦労や不幸や悲嘆を口にしない。その理由は、彼らはあらゆる苦しみに堪えることができるし、逆境にあっても大いなる勇気を示すことを信条としているので、苦悩を能う限り胸中にしまっておくからである。誰かに逢ったり訪問したりする時、彼らは常に強い勇気と明快な表情を示し、自らの苦労については一言も触れないか、あるいは何も感ぜず、少しも気にかけていないかのような態度で、ただ一言それに触れて、あとは一笑に附してしまうだけである。

新渡戸が武士の美徳として描いたものも、実は武士のみにとどまらない日本人一般の美徳だった。その意味で『武士道』は、武士道を解説した書物というよりも、日本文化論の嚆矢だといっていい。これまで『武士道』は、そのまま実際の武士道を解説した書物だと考えられ、この中で書かれた武士道が手放しで賞賛されることが多かった。しかし、それでは逆に、『武士道』の真価が理解できない。これは武士道書というより、新渡戸が理想とする日本人の姿を外国人に示した優れた日本文化論なのである。その意味で、『武士道』は、日本人がはじめて自分で日本文化の特質を意識化した記念碑的作品である。

おわりに――現代人にとっての『武士道』

新渡戸は、武士道を解説・擁護するだけではなく、功利主義や唯物主義を批判し、デモクラシー（平民主義）にも嫌悪の目を向けている。これは、武士道そのものが階級道徳であったためだろう。そのため新渡戸は、「すべての天の恵みは、彼らを通してもたらされた」と武士を理想化する（第十五章）。これは事実がそうだということではなく、武士階級のひとりであった新渡戸の階級意識が図らずも表出した部分である。

当時のヨーロッパ思想においても、指導者、貴族に社会発展の原動力を求める傾向があったことは、新渡戸の引用するいくつかの著書に明らかである。そして貴族主義は名誉を重んじ、平民主義は功利を重んじるという図式的な理解がある。この書物が貴族主義と平民主義が鋭く対立した時代の産物だったことは、留意されていいかもしれない。

新渡戸が『武士道』を書いた頃には、日本でも名誉や道徳よりも金銭的利害の方に重きが置かれるようになっていた。新渡戸が武士道が金銭と金銭欲を無視したことを述べ、「しかし、ああ！現代には、金権支配がなんと急速に蔓延してしまったのだろうか！」（第十章）と述べたことは、当時そうした風潮があったことを示している。

いまでも金銭のことを口にするのは憚られるという意識があるのは、資本主義の世の中で生きているわれわれにまで、金銭が汚いものだとする武士道的観念が根強く残っているからだろう。現代の日本では、利己的な目的のため権利を声高に主張する自分中心の人が増えているといわれる。こうした風潮に対する嫌悪感も、自己犠牲の精神にあふれる武士道再評価につながっているように思われる。

日本人論は、欧米人の観念や道徳や思想と比較して、日本人に足りない点、悪い点を指摘し、それを正そうという方法をとるのが通例だった。それに比べ、新渡戸の著書は外国人に向けて書かれているため、日本人の美点を挙げ、欧米人の日本と日本人に対する誤解を解こうとしている。そのため、現代人が読むと、非常に心地よい部分が多い。また、取り上げられている美点は、現在の日本人にはおおむね失われているから、この地点に帰ることによって日本人の美点を取り戻そうという気持ちにもさせられるのである。

新渡戸の主張は、武士道に帰れ、というものではない。武士道は、二十世紀初頭において、すでに葬送の準備をしなければならないものであった。しかし、新渡戸は同時に、武士道は、滅びた後にもその灰の中から甦る不死鳥のように、完全に絶滅することはなく、体系としては死んでも美徳としては生き延び日本の将来を照らすだろうと予言している。

明治維新によって、武士道を育んだ江戸時代は終わり、武士道倫理は滅びゆく運命にあった。しかし、『武士道』にあらわれている日本人のメンタリティーは、近代社会から現代に至るまで生き続けてきたと考えられる。現代でも新渡戸の『武士道』を高く評価する識者が多いことが、何よりそれを裏づけている。

われわれは、新渡戸の著書によって武士道を知ろうとするのではなく、新渡戸が描いた日本人の特性がどこから来たのかを、改めて考えていく必要があると思う。

第二章　新渡戸稲造『武士道』と儒教

弁　和順

はじめに

　昨今、侍ジャパンという言葉をよく見聞きする。いうまでもなく、野球の日本代表チームの愛称のことである。従前、日本代表チームは、王ジャパン、星野ジャパンのように、監督名を冠して呼ばれたが、監督ばかりが注目されるのではなく、あくまで主役は選手であるとの考えのもと、侍ジャパンが正式愛称として採用されたという。

　そもそも侍ジャパンとは、野球のバットを、侍の魂ともいうべき刀に見立てた絶妙の命名だと感心するが、さらに推測すれば、日本の野球にはベースボールと異なる武士道の精神が存在し、そういった側面をも国際的にアピールしようとした意図があったのかもしれない。

そのように思うのは、いまから百有余年前、新渡戸稲造が、西洋の欧米人に向けて、日本人の精神と文化を発信するために、武士道をキーワードにしながら、その名も『武士道』という書物を著したのと通底するところがあると考えるからである。

ただし、厳密にいえば、侍と武士とは区別しなければならない。侍とは、元来、公家などを警護する者であり、人に仕える意味の「さぶろう」を語源とした平安時代以来の呼称であるのに対して、武士とは、士農工商制度が確立された江戸時代以後に定着した名称である。

そうした歴史的な呼称の違いこそあれ、現代においても、日本人の精神や文化を海外に発信する際、好んで用いられるのが、侍であり、武士であることは論を俟《ま》たない。そう考えると、新渡戸が『武士道』を著すのに用いた発想は、いまにまで脈々と継承されていることになる。

それでは、新渡戸は、どのような目的をもって、武士道という視点から『武士道』を執筆したのだろうか。また、そうして編まれた『武士道』にはどのような思想的特色が認められるだろうか。かような問題意識をもちつつ、本章では、武士道の淵源のひとつに掲げられる儒教に着目し、武士道と儒教との関わりを具体的に考察しながら、『武士道』を読み解いてみたい。

一　新渡戸稲造の生涯

新渡戸稲造は、文久二年（一八六二）、南部藩士である新渡戸十次郎《じゅうじろう》・勢喜《せき》の三男として、盛岡に生まれた。比較的裕福な家庭で育ったが、六歳のとき、父の十次郎が死去したため、叔父の太田時《とき》敏《とし》を頼って上京。東京では、英学塾、共慣義塾《きょうかんぎじゅく》、東京外国語学校で英語を学んだ。

そして明治十年（一八七七）、開拓使札幌農学校に二期生として入学した。同期には、内村鑑三、宮部金吾らがいた。当時、「ボーイズ ビー アンビシャス（少年よ、大志を抱け）」で有名な初代教頭のウィリアム・スミス・クラークは、すでに離任していたが、クラークの説いたフロンティア精神、国際性の涵養、全人教育、実学の重視といった教育理念は、学生間に深く浸透していた。また、キリスト教を基盤とした教育が実践されており、新渡戸が、入学後、ただちに受洗してキリスト教徒となったことは、その影響によるといえる。

写真 1　新渡戸稲造

明治十四年（一八八一）、新渡戸は、札幌農学校を卒業の後、開拓使勤務を経て、やがて東京大学を志望した。その際、面接官の外《と》山正一《やままさかず》教授から志望動機を聞かれ、農政学と英文学を学び、そのあかつきには、太平洋の橋になりたいと述べたことは、よく知られる。

さらに新渡戸は、農業経済学を学ぶべく、アメリカ留学を決心した。二十三歳でペンシルヴェニア州のアレゲニー大学に留学、引き続き、メリーランド州のジョンズ・ホプキンス大学に転学した。在米中、新渡戸は、札幌農学校助教に就くが、農政学研究のために、ドイツ留学を命ぜられ、

写真2　遠友夜学校

ボン大学、ベルリン大学、ハレ大学に学んだ。その間、ベルギーの法学者エミール・ド・ラヴレーのもとを訪ね、そのときの会話が、新渡戸の『武士道』執筆に大きな影響を与えることになったが、それについては、後述する。

　明治二十四年（一八九一）、新渡戸は、アメリカ留学中に知り合ったクエーカー教徒であるメリー・エルキントンと結婚し、それを機に、夫人とともに帰国して札幌農学校教授となった。

　札幌では、明治二十七年（一八九四）に、遠友夜学校《えんゆうやがっこう》を開校し、自ら校長を務めた。遠友夜学校とは、貧しい家庭の児童や晩学者のための夜間学校である。なお、遠友夜学校という名称は、『論語』学而篇《がくじ》に見える「朋有《ともあ》り、遠方《えんぽう》より来《きた》る、また楽《たの》しからずや」という孔子（前五五二？～前四七九）の言葉の中から「遠」「朋」の二文字をとり、そのうち「朋」を同義の「友」に変えて命名したものといわれる[1]。

　新渡戸は、その後も札幌農学校で教鞭を執ったが、多忙な活動の中で健康を害したため、明治三十一年（一八九八）に渡米し、カリフォルニアで療養した。そして『武士道』の執筆を開始し、明治三十三年（一九〇〇）、アメリカで出版したのが、*BUSHIDO The Soul of Japan*（『武士道――日本人の魂』）である。同書は、その後、日本語に訳出されたが、そのほか、ポーランド、ドイツ、ノルウェー、スペイン、ロシア、イタリアなど、世界各国で翻訳されるとともに、ベストセラーとなった。なかでも、第二十六代アメリカ合衆国大統領のセオドア・ルーズヴェルトが愛読したことは、つとに有名である。

以後、台湾総督府技師、京都帝国大学教授、第一高等学校校長、東京帝国大学教授、東京女子大学学長、国際連盟事務次長を歴任するなど、教育者として、また国際人として世界を股にかけて活躍したが、昭和八年（一九三三）、カナダのヴィクトリア市で死去した。七十二歳であった。

二　『武士道』の執筆

前述したとおり、新渡戸の『武士道』は、明治三十一年（一八九八）から翌年にかけて、療養地のカリフォルニアで執筆された。その動機について、新渡戸は、次のように記している。

十年ほど前、ベルギーの高名な法学者、故ド・ラヴレー氏のもてなしを受けお宅に数日滞在したことがある。その際、二人で散歩していて、会話が宗教の話題に及んだ。「日本の学校では宗教教育がない、ということですか」と、尊敬する老教授は尋ねた。私がそうですと答えると、教授は驚いて足を止め、容易には忘れ難い口調で、「宗教がない。道徳教育はどうやって授けられるのですか」とくり返した。（『武士道』初版への序）[2]

この記述によると、約十年前、ドイツ留学中に、ド・ラヴレーのもとを訪ね、その際、宗教教育がない日本で、いかに道徳教育を実践するのかと質問されたが、即答できなかったことが、同書を著す契機になったとある。加えて、もうひとつの動機があったという。

この小著を書く直接の発端は、私の妻が、しばしば、なぜ日本ではこれこれの考え方や習慣が一般的なのですか、と質問したことにある。（『武士道』初版への序）

新渡戸は、ド・ラヴレーとの面会後、日本の道徳教育について思索を重ね、最終的には、日本生まれではない妻メリーの素朴な質問に答えるために、執筆に取り組んだのである。

このように、ド・ラヴレーやメリーを念頭に置きながら、『武士道』は著述されたわけだが、その書の読者としては、二人のみならず、広く西洋の欧米人全般を想定していたことはいうまでもない。そのことは、『武士道』が平明な英語で記されたこと、日本ではなくアメリカで刊行されたことなどからうかがえよう。また、当時の世界情勢を踏まえながら、新渡戸自身、日本人の精神と文化を海外に向けて発信する必要性を感じていたことも、指摘できよう。

こうして、新渡戸は、世界に向けて『武士道』を執筆したが、それにあたって、武士道をキーワードにしたことについて、次のように述べている。

私は、自分の正邪善悪の観念を形づくるさまざまな要素を分析してみて、それらの観念を私に吹き込んだのは武士道であったとようやく気づいた。（『武士道』初版への序）

新渡戸によれば、自分のもつ道徳観念を考察した結果、日本人の意識の根幹には、武士道精神が存することに気づいたのだという。その武士道であるが、「吹き込んだ」という表現が用いられているように、新渡戸は、姿かたちのないものとして捉えていたようである。つまり、文章化されてはいないが、日本社会で長い期間をかけて醸成され、口伝などによって伝承されてきた精神が日本人の道徳観念を形成したのであり、それこそ武士道にほかならないと考えたのである。

三　『武士道』の構成

それでは、『武士道』は、実際、どのような内容になっているだろうか。同書をひもとくと、全体構成は、次のとおりである。

第一章　道徳体系としての武士道
第二章　武士道の源泉
第三章　義――あるいは正義について
第四章　勇――勇敢と忍耐の精神
第五章　仁――惻隠の心
第六章　礼
第七章　信と誠
第八章　名誉
第九章　忠義
第十章　武士の教育
第十一章　克己
第十二章　切腹と敵討の制度
第十三章　刀、武士の魂
第十四章　女性の教育と地位
第十五章　武士道の影響

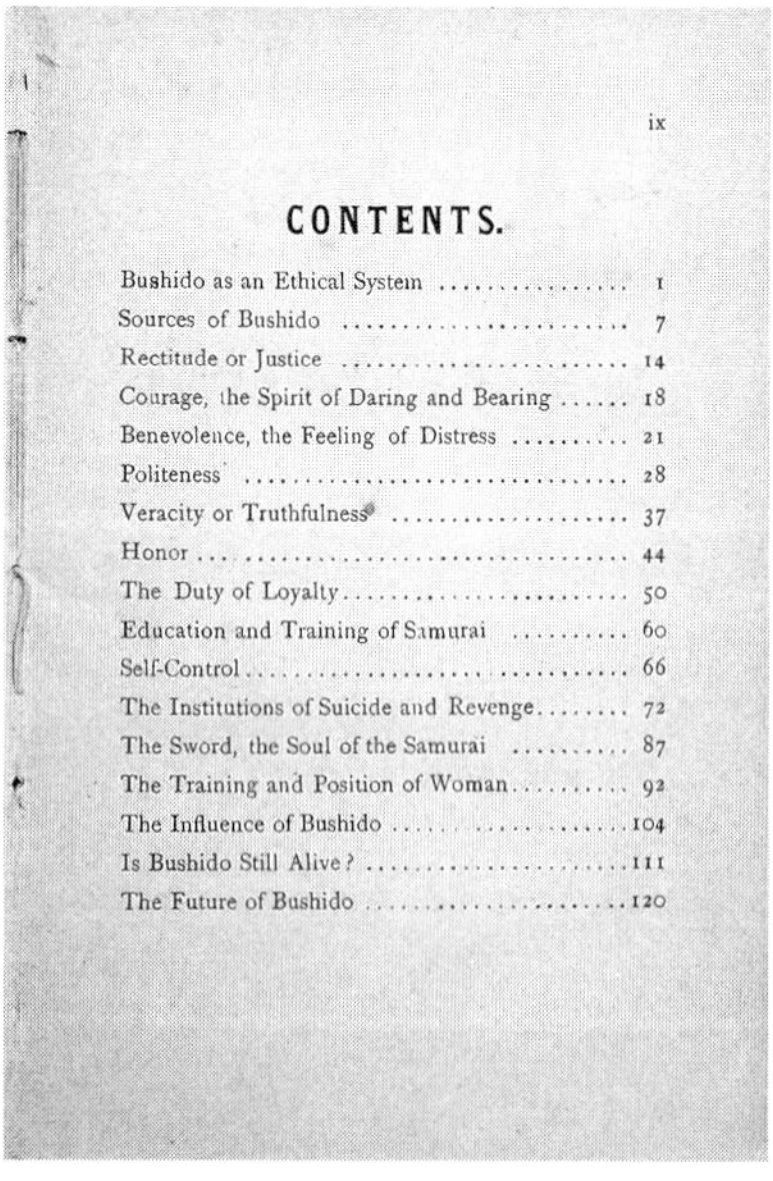

ix

CONTENTS.

Bushido as an Ethical System 1
Sources of Bushido 7
Rectitude or Justice 14
Courage, the Spirit of Daring and Bearing 18
Benevolence, the Feeling of Distress 21
Politeness 28
Veracity or Truthfulness 37
Honor 44
The Duty of Loyalty 50
Education and Training of Samurai 60
Self-Control 66
The Institutions of Suicide and Revenge........ 72
The Sword, the Soul of the Samurai 87
The Training and Position of Woman.......... 92
The Influence of Bushido 104
Is Bushido Still Alive? 111
The Future of Bushido 120

写真3　*BUSHIDO* の目次

第十六章　武士道はまだ生きているか
第十七章　武士道の未来

右の十七章について、順を追って見ていくと、まず、第一章と第二章では、武士道の定義を行い、その源泉について考察している。

続いて、第三章から第十一章においては、武士道の重要な徳目を取り上げ、それぞれについて説明している。

また、第十二章から第十四章では、切腹、敵討《かたきうち》、刀、女性の地位について解説している。これら三つの章では、とりわけ欧米人が違和感を抱いたり、誤解を招いたりする行為や道具などが取り上げられている。

さらに、第十五章では、武士道の精神が日本の社会階層全体に浸透していることを述べ、第十六章と第十七章では、明治以降、武士道が衰退しつつあることに言及した上で、その将来展望をもって結んでいる。

四　武士道の定義

新渡戸が、日本人の精神と文化の核として武士道に着目しつつ、『武士道』を著したことは、先に述べたとおりである。では、新渡戸は、その書において、武士道をどのように定義しているだろうか。

> 私が、乱暴にシヴァルリー(chivalry)と訳した日本の言葉は、実は、騎士の倫理(horsemanship)というよりも深い意味がある。武士道は、語句の意味で言えば、戦う騎士の道、すなわち戦士がその職業や日常生活において守るべき道を意味する。ひとことで言えば、戦士の掟、つまり戦士階級におけるノブレス・オブリージュ(noblesse oblige)のことである。（『武士道』第一章）

これは、『武士道』第一章の前半に見える文章である。ここで、新渡戸は、武士道をシヴァルリー(chivalry)と英訳したことを解説している。すなわち、武士道には、ホースマンシップ(horsemanship)よりも深い含意があり、文字どおりにいえば、戦う騎士が守るべき道のこと、別な言い方をすると、ノブレス・オブリージュ(noblesse oblige)、つまり高貴な身分に伴う義務を意味するというのである。要するに、新渡戸のいう武士道とは、西洋の騎士道とは似て非なるものであり、騎士道に比して、多様な側面をもった日本人の精神を受け継ぐものだという意識をもっていたのである。

なお、ここで高貴な身分に伴う義務というのは、元来、戦闘集団であった武士が、江戸時代になると、支配者階級としてリーダーの役割を担うようになり、そのため、責任の重大さを自覚するとともに、リーダーとして義務をもたなければならなくなったという歴史的背景を踏まえてのことである。

五　武士道の源泉

ところで、新渡戸は、日本人の道徳意識というべき武士道の源泉として、仏教、神道、儒教の三つの存在を掲げている。その源泉として、第一に仏教を挙げた理由について、次のようにいう。

> 仏教は、運命に対する穏やかな信頼、避けられない事柄を心静かに受け入れ、危険や災難を目にしてもストイックに落ち着き、生に執着せず、死に親しむ心をもたらした。
>
> （『武士道』第二章）

武士の本業は、戦闘にあり、常に死と直面していたことはいうまでもない。そうした武士にとって、死を受け入れることは大きな課題であった。その中で、武士が死に直面したとき、心を平静に保つことを、仏教に学んだというのである。

第二に神道を挙げたことについて、次のようにいう。

他の宗教では説かれることのない主君に対する忠、祖先への崇拝、親への孝は、神道の教義によって武士道に注入された。これにより、侍の傲岸不遜《ごうがんふそん》な性格に謙譲の念が生まれたのである。

（『武士道』第二章）

新渡戸によれば、主君に対する忠、祖先への崇拝、親への孝は、日本古来の神道に由来し、それによって、武士に謙譲の心が生まれたというのである。

その上で、武士道に最も大きな影響を与えたものとして、第三に儒教を掲げて、次のようにいう。

厳密な意味での倫理的教義に関して、武士道のもっとも豊かな源泉となったのは孔子の教えだった。孔子が述べた五つの道徳的な関係、すなわち君臣、父子、夫婦、兄弟、朋友の関係は、彼の著作が中国からもたらされるはるか以前から、日本人が本能的に知っていたことを追認したものにすぎない。

（『武士道』第二章）

ここで新渡戸は、武士道に最も影響を与えたのは、孔子の教え、つまり儒教であることを指摘する。さらに、君臣、父子、夫婦、兄弟、朋友の関係といった、人がもつべき五つの道徳的な関係は、もともと日本人が有しているものであったが、儒教によって整理、体系化されたと説明している。

さて、ここにいう五つの道徳的な関係とは、いわゆる五倫《ごりん》のことであり、新渡戸が依拠したのは、

『中庸《ちゅうよう》』における次の文章である。

哀公《あいこう》、政《せい》を問《と》う。子曰《しい》わく……天下《てんか》の達道《たつどう》、五《ご》あり。曰《い》わく、君臣《くんしん》なり、父子《ふし》なり、夫婦《ふうふ》なり、昆弟《こんてい》なり、朋友《ほうゆう》の交《まじわり》なり。五者《ごしゃ》は、天下の達道なり。

哀公が政治について問うた。先生が答えた……天下における普遍の道徳は、五つある。それは、君臣・父子・夫婦・兄弟・朋友の関係である。この五つは、天下における普遍の道徳である。(3)

この文章は、政治について尋ねた魯の哀公に対して、孔子が応答する形がとられている。その答において、孔子は、五つの人間関係が重要であり、それが天下普遍の道徳であることを説いている。その上で、新渡戸は、武士道と儒教との関係性を指摘しながら、武士にとって、『論語』『孟子』が必読書であったこと、さらに、武士の学問は「論語読みの論語知らず」であってはならないことを強調している。つまり、武士に求められるのは、単に広汎な知識を身につけるだけではなく、その知識を活かして行動することが重要であるというのである。

そうした考えのもと、新渡戸は、明代の思想家である王陽明《おうようめい》(一四七二〜一五二八)の知行合一《ちこうごういつ》説を高く評価している。知行合一説とは、「知(知識)」と「行(行動)」とについて、それらを二つに分けるのではなく、「知」と「行」は表裏一体であるべきだとして、その一致を求める考え方である。王陽明がこうした学説を主張した背景には、それに先行した宋代の思想家、朱子《しゅし》(一一三〇〜一二〇〇）の唱えた先知後行説《せんちこうこう》（知識を得てから行動するという説）に対する批判が伴っていたことはいうまでもない。

もともと儒教では、知識の修得とあわせて、実践が重視されるが、特に実践を重んじた王陽明の知行合一説は、日本人の武士道精神に通ずるところがあると、新渡戸は考えたのである。

六　武士道における徳目

武士道は、その淵源はもとより、そこで説かれた具体的な徳目においても、儒教の影響が認められること、いうまでもない。そのことは、『武士道』の第三章から第十章にかけて記された七つの徳目を見れば、一目瞭然である。いま山本博文氏の解説（『新渡戸稲造　武士道』ＮＨＫ出版、二〇一二年、二九～四〇頁）とあわせて提示すると、以下のとおりである。

①義（rectitude）
卑怯な行動や不正を恥じる心。正義。義務。

②勇（courage）
正しいことを認識してそれを行うこと。勇気。

③仁（benevolence）

愛情、寛容、他者への情愛、同情、憐憫。最高の徳。

④礼(politeness)

他人の気持ちを思いやる心のあらわれ。礼儀。

⑤信(veracity)

武士の一言。真実の言葉。

⑥忠(loyalty)

目上の者に対する服従および忠実。忠義。

⑦智(intellectuality)

知的に優れていること。叡智。

ここに掲げた七つの徳のうち、「仁」「義」「礼」「智」「信」は、儒教において、人が常に行うべき五つの徳、すなわち五常《ごじょう》として重んじられてきた(4)。ただし、儒教では、それら五つの徳を並列的に扱うのではなく、なかでも「仁」が最高の徳として特別視されたことは明らかである。また、「勇」「忠」は、五常に準ずる徳とされた。

そうした中で、新渡戸が、武士道の徳目として、第一に「義」を、第二に「勇」を掲げるとともに、その二つを「仁」より前に配置したことは、大いに注目すべきである。その意図としては、何より戦闘集団であった武士に必要な道徳を説明するためであったからにほかならず、そこには新渡戸独自の儒教理解があったことが知られる。

それでは、この七つの徳目の関係について、新渡戸は、どのように理解していただろうか。前述した山本博文氏の解説を参考にしながら、まとめると、次のようになる。

武士道において、根幹となる徳目は、第一に配列された「義」であり、その「義」を支えるのが「勇」「仁」「智」の三つである。そのうちの「仁」から生ずるのが「礼」であり、その「礼」を裏づけるのが「信」である。さらに、すべての徳目の中で最高位に置かれるのが「忠」となる。このような理解に基づけば、新渡戸のいう武士道は、七つの徳目が関係性をもち、相互に支え合うといった構造をもっていたことになるだろう。

ここで、ひとつ注意しなければならないことがある。それは、新渡戸が解説した七つの徳目の中に「孝」が入れられていないという点である。そのことについて、新渡戸は、『武士道』増訂版において、次のように述べている。

この版の改訂にあたり、私は主に具体的の実例を追加するに止めた。私は「孝」についての一章を加えることのできなかったことを遺憾に思う。これは「忠」と並んで日本道徳の車の両輪をなすものである。「孝」の一章を書くについて私の困難する理由は、それに対する我が国民自身の態度を知らないからではなく、むしろこの徳に関する西洋人の感情を私が知らないからであり、したがって自分の心に満足の行くような比較論をなすことができないことにある。

（『武士道』増訂第十版序(5)）

つまり、新渡戸は、『武士道』刊行後も、常にその書に「孝」に関する章を加えたいと考えていたことがわかる。それは結果的に実現しなかったが、そうした新渡戸の構想は、儒教的な発想が武士道の根底に存在したことを別の角度から裏づけることにもなるだろう。

こうした点をも踏まえて、以下、武士道と儒教との関係について、さらに深く考察したい。それに際して、具体的には、「義」「勇」「仁」を取り上げるが、七つの徳のうち、「義」「勇」に注目するのは、先に述べたとおり、武士道の中核となる徳であるからにほかならず、また「仁」に言及するのは、「仁」が儒教において最も重要な徳と考えられているからである。

七　武士道における「義」

新渡戸は、武士の徳目の第一に「義」を掲げるとともに、次のように述べている。

義(rectitude)は、侍の掟のなかで、もっとも厳しい教えである。侍にとって、卑怯な行動や不正な行為ほど恥ずべきものはない。

（『武士道』第三章）

武士にとって、「義」が最も厳しい教えであり、そうであるのは「卑怯な行動」「不正な行為」に相反するからだという。その上で、「義」は誤解されやすい概念であるとし、続けて林子平《はやししへい》（一七三八〜九三）の言葉を引用している。

> 義は、自分の身の処し方を、道理に従い、ためらわず決断する心を言う。死すべき時に死に、討つべき時に討つことである。
>
> （『武士道』第三章）

この引用によれば、「義」とは、行動・実践につながる決断力のことであり、その究極的な行為としては、死が想定されていたことがわかる。

さらに、新渡戸は、真木和泉《まきいずみ》（一八一三〜六四）の言葉を援用している。

> 義は、たとえて言うと、人の身体に骨があるようなものである。骨がなければ首も正しく据わることができない。手も動かないし、足も立つことができない。だから、人は才能があっても、学問があっても、義がなければ世の中に立つことができない。義があれば、無骨で不調法であっても、武士たる資格がある。
>
> （『武士道』第三章）

ここで「義」とは、人の身体でいうと、骨格のような不可欠のものであり、仮に才能や学問があっても、「義」がなければ、武士とはいえないという。

その上で、新渡戸は、孟子（前三七二？〜前二八九）の言葉を援引していう。


孟子は、仁を人の心と言い、義を人の路《みち》と言った。孟子は、なんと悲しいことかと嘆く。その路を捨ててそれに従うことをしない。その心を失って再び求めることを知らない。悲しいことだ。人は、鶏や犬がどこかへ行けば探すことを知っているが、心を失っているのに探そうともしない。……孟子によれば、義は、人が失われた楽園を取り戻すために歩むべき、真っ直ぐでかつ狭い道だということである。

（『武士道』第三章）


右は、『孟子』告子上篇《こくしじょう》の文章に基づいている。原文を参考にしながら、その内容をまとめると、以下のようになる。「仁」は人が失ってはならない本心であり、「義」は人の踏むべき正しい路である。しかし、その正しい路を捨て、本心を失っても、それらを探し求めようとしないのは、嘆かわしい。人は、自分の飼っている鶏や犬が逃げ出せば、それを探し求めるけれども、自分の本心を見失っても、それを探し求めようともしない。「義」とは、自分が見失った本心を探し求めるために、通らなければならない険《けわ》しい路である。

要するに、新渡戸は、孟子の言を引用しながら、「義」とは、本来、人間が行動するための決断力をあらわし、究極的には死を意味したが、そうした観念が次第に衰退しつつあることを指摘するのである。
続けて新渡戸は、「義」が「義理」と呼ばれることについて、次のようにいう。

文字通りの意味では、正しい道理（right reason）というものだが、やがて世間がなすことを期待している、あいまいな義務感を意味するようになった。

（『武士道』第三章）

図２　我（甲骨文）

図１　羊（金文）

図４　義（甲骨文）

図３　義（甲骨文）

ここで新渡戸は、「義」が、元来の意味を喪失し、いまやそこから派生した義務感と同じ意味になってしまったことを慨嘆している。その中で、新渡戸がめざしたのは、正しい道理という「義」本来の意味を取り戻すところにあったことはいうまでもあるまい。

ちなみに、「義」の原義であるが、「羊」（ひつじ）と「我《が》」（刃先がぎざぎざした矛《ほこ》）とからなる会意《かいい》・形声《けいせい》文字で、もともとは犠牲として捧げた羊を正しく切り整えることを意味したが、それから「ただしい」「よい」という意味が派生したといわれる。

なお、新渡戸は、「義」を説明するのに際して、孔子ではなく、孟子の言葉を引用しているが、そこには、孔子が

「仁」を最高の徳目として尊んだのに対して、孟子は「仁」と並んで「義」を加え、「仁義」を主張したという思想的な背景が関係しているものと思われる。
その点を考えあわせると、新渡戸は、武士道の淵源のひとつに儒教を掲げたが、その歴史的な流れの中で、強く意識していたのは、孔子よりも孟子であったということができる。

八　武士道における「勇」

新渡戸が、武士の徳目として、続いて掲げたのは「勇」であった。

勇気(courage)は、正義のためにふるわれるのでなければ、美徳のなかに数える価値はほとんどないと考えられた。『論語』のなかで孔子は、いつも彼がするように、否定の表現を用いて説明している。孔子は、正しいことを認識して、もしそれを行わないなら、勇気がないということである、と言う。この警句を肯定形に置き換えてみると、勇気とは正しいことをすることである、となる。

（『武士道』第四章）

ここで新渡戸は、「勇」という徳を説明するのに、孔子の言葉「義《ぎ》を見《み》て為《な》さざるは、勇無《ゆうな》きなり」を引用している。その引用について、新渡戸は、孔子の言葉は否定表現であるので、それを肯定表現に改めると、「勇気とは正しいことをすることである」という意味になるという。

実は、この孔子の言葉の原文を示すと、次のとおりである。

子曰《しい》わく、その鬼《き》に非《あら》ずしてこれを祭《まつ》るは、諂《へつら》いなり。義《ぎ》を見《み》て為《な》さざるは、勇無《ゆうな》きなり。

先生がいわれた、「祖先の霊でもないのに、それを祭るのは、こびへつらいである。人として行うべきことを知りながら、それを行わないのは、勇気がないことである」。（『論語』為政《いせい》篇）

この原文を見ると、新渡戸が引用したのは、孔子の言葉の後半部分であることがわかる。もともと孔子は、その前半で「その鬼に非ずしてこれを祭るは、諂いなり」、すなわち、自分の幸福を願うあまり、祭祀の対象外の霊を祭って利益を求めるのは、分を越えた行為であるとして、祭祀する際の注意を述べているのだが、その部分は省略されているのである。

つまり、孔子の発言は、元来、人間の行動について、第一に祭祀の対象範囲を例に挙げて、行き過ぎた行動をとる者に控えめな態度をとるよう戒めるとともに、第二に義と勇の行為を例にとりつつ、消極的な行動しかできない者に積極性を促したものであった。要するに、二つの相反する極端な行為をいずれも否定するとともに、バランスのとれた行動を求めるところに孔子の意図はあったといえる。

しかしながら、新渡戸は、孔子の発言のうち、前半の控えめな行動をとるよう戒めた部分を省略し、後半の積極的な行動を促した部分だけを引用したわけだから、それは、少しうがった見方をすれば、何より武士にとっては、行為の積極性が必要であることを強調しようとしたのであり、そうした考え方が、ここでの引用の仕方にも反映されていると見ることができる。(6)

ところで、儒教における「勇」を取り上げるには、次の孔子の言葉もあわせて見ておく必要がある。

仁者《じんしゃ》は、必《かなら》ず勇有《ゆうあ》り。勇者《ゆうしゃ》は必ずしも仁《じん》有らず。

仁の人は必ず勇気があるが、勇気のある人は必ずしも仁があるとは限らない。（『論語』憲問《けんもん》篇）

これによれば、孔子は、「勇」とは「仁」を実現するための前段階の行為であり、「勇」を経てはじめて「仁」に到達すると考えていたことがわかる。そうした中で、新渡戸が、特に「勇」を重んじたのは、武士にとっては、何より行動が優先されるべきであり、また行動を起こすには「勇」が必要だという強い信念のあったことがうかがえる。

ところで、新渡戸は、『武士道』出版後、約十年を経て、『修養』という書を出版した。この書は、新渡戸が『実業之日本』という雑誌の中で、一般読者を対象に月二回連載していた原稿をまとめて刊行したものである。一般読者を対象としていたことから予想されるとおり、平易な文章で記されたもので、なかにはやや通俗すぎる内容も含まれるが、新渡戸の考えを知るにはもちろん、『武士道』を読解するにも参考となる書物である。

その『修養』第五章に、「勇気の修養」という文章が収められている。(7) そこで新渡戸は、「勇気は最も修養に容易なり」と断った上で、どのように「勇気」を修養すべきか、七つの方法を提示している。いま一例を示すと、新渡戸が「勇気」の修養として、最初に掲げたのは、シェークスピアの名言「正を守りて恐るることなかれ(Be just and fear not)」である。つまり、「正義」を守ることこそ、「勇気」を修養するための最大条件であるというのである。

その上で、以下のとおり、孔子と孟子の言葉を援引している。

君子《くんし》は義以《ぎもっ》て上《かみ》と為《な》す。君子、勇有《ゆうあ》りて義無《な》ければ乱《らん》を為す。小人《しょうじん》、勇有りて義無ければ盗《とう》を為す。

君子は義を第一とする。君子は勇があっても義がなければ乱を起こす。小人は勇があっても義がなければ盗みをはたらく。

（『論語』陽貨《ようか》篇）

自《みずか》ら反《かえり》みて縮《なお》からざれば、褐寛博《かつかんはく》といえども、吾惴《われおそ》れざらんや、自ら反みて縮ければ、千万人《せんまんにん》といえども、吾往《ゆ》かん。

みずから反省して正しいと思えないときは、だぶだぶの衣服を着た卑しい者に対してさえ、気のひけるものだが、みずから反省して正しいと思うときは、相手は千万人あろうとも、恐れず突き進む。

（『孟子』公孫丑上《こうそんちゅうじょう》篇）

図6　力（金文）

図5　甬（金文）

この孔子と孟子の言葉は、いずれも「義」を貫こうとしたとき、「勇」が不可欠の存在であることを強調したものであり、ここから、「勇」は「義」と切り離すことのできないものと、新渡戸が認識していたことがわかる。

なお、「勇」という字は、「甬《よう》」（足踏みする）と「力」（うでの筋肉）とからなる会意・形声文字で、元来、力強く足踏みをする意味であったが、そこから「いさましい」意を表現するようになったという。

九　武士道における「仁」

周知のとおり、孔子が最高の徳目として重んじたのは「仁」であったが、その「仁」について、新渡戸は、武士道との関わりで、どのように捉えていただろうか。

まず、『武士道』全体を見ると、「仁」に関係する章として、第五章「仁——惻隠の心」と第十一章「克己」が挙げられる。そのうち、第五章は、標題の「仁」に続けて「惻隠の心」という副題が附せられている。この「惻隠の心」という表現は、以下のとおり、孟子の言葉を踏襲したこと、い

うまでもない。(8)

惻隠《そくいん》の心無《こころな》きは、人《ひと》に非《あら》ざるなり。惻隠の心は、仁《じん》の端《たん》なり。

あわれみの心がない者は、人間ではない。あわれみの心は、仁の萌芽である。

（『孟子』公孫丑上篇）

ここに示した前後の文脈を参考にしつつ、補足すると、孟子の主張は、次のとおりである。すなわち、人は赤ん坊が井戸に落ちそうな場面に遭遇すれば、誰でもはっと驚くとともに、赤ん坊を助けたいという気持ちになる。その気持ちこそ、「惻隠の心」、つまりあわれみの心であり、別な表現を用いると、「良心」であるという。この惻隠の心、良心に基づいた、いわば王者の政治を実現することが、孟子の希求したところであった。

さて、『武士道』では、「仁」について、次のように解説されている。

愛情、寛容、他者への情愛、同情、憐憫《れんびん》は、つねに最高の徳(virtues)、つまりは人間の魂に備わったあらゆる性質の中でもっとも高いものとして認められてきた。

（『武士道』第五章）

ここで注意しなければならないのは、冒頭、「愛情」という表現が用いられている点である。儒教では、「愛情」という言い方は、まず行わない。まさにキリスト教徒であった新渡戸ならではの

「仁」解釈といえよう。

また、「仁」とは、本来、王者のもつべき徳であり、日本流にいうと、大名の心得というほどの意味になる。そのことから考えると、ここで新渡戸が「仁」を取り上げたのは、武士道の精神を解説しようとしたというよりも、むしろ、武士道を生み出した日本の封建社会が、欧米人の見るような専制政治とは相違することを強調し、かつ弁護しようとした意図があったのではないかとも思われる。

続けて新渡戸はいう。

仁は、優しく、母のような徳である。真っ直ぐな義と厳格な正義が特に男性的であるとすれば、仁が施す慈悲(mercy)は女性的な優しさと説得力を持つ。私たちは、義と正義をまったく考慮することなく無分別な慈悲におぼれることのないように注意されてきた。（『武士道』第五章）

ここで新渡戸は、「義」を男性的な徳、「仁」を女性的な徳と対比的に語るとともに、武士は「仁」におぼれることなく、「義」への配慮を常に行うべきであることを述べている。

さらに、続けていう。

弱者、劣者、敗者に対する仁は、特に侍にふさわしいものとして、いつも賞賛された。

（『武士道』第五章）

つまり、「仁」とは「いつくしみ」であるとして、武士の情け、弱者や敗者に対する「思いやり」こそが「仁」であると、新渡戸は主張するのである。

ここで参考までに、「仁」という字の成り立ちを述べると、「人」（ひと）と「二」（ふたつ）からなる会意・形声文字で、元来は、二人の間柄を意味したが、そこから派生して「思いやる」「いつくしむ」の意をあらわすようになったといわれる。

図8　人（金文）

図7　人（甲骨文）

図10　仁（金文）

図9　仁（甲骨文）

このように見てくると、新渡戸のいう「仁」とは、女性的な優しさ、慈悲を施すもの、また武士の情けとも呼ぶべきものであることがわかる。つまり、新渡戸は、孔子の説いた「仁」という表現を用いながらも、たとえば、仏教やキリスト教の考え方も取り入れ、武士道の徳目を説明しようとしたのである。

そこで、いま一度、孔子の主唱した「仁」の内容を確認するとともに、その「仁」を新渡戸がどのように解釈したか、その相違点に着目しながら、さらに詳しく見ていくこととしたい。

実は、『論語』をひもとけば、孔子とその弟子との間で、幾度となく「仁」をめぐって質疑応答が交わされていたことに気がつく。弟子にとって、孔子の説く「仁」については高い関心があったことのあらわれといえる。ただし、孔子は、弟子に「仁」を解説するにあたって、同じ説明を繰り返してはいない。たとえば、樊遅《はんち》という弟子に対して、「仁」とは人を愛することだと返答したが（『論語』顔淵篇）、弟子の仲弓《ちゅうきゅう》に対しては、「仁」とは「己の欲せざる所は、人に施すこと勿《な》かれ（自分の望まないことは人にはしむけないようにしなさい）」（『論語』顔淵篇）と回答したのである。

このように、孔子の答が一致しないのは、「仁」についての認識が一定していないのではなく、孔子が、弟子の年齢、性格、能力などを勘案しつつ、弟子にあわせて意図的に返答した結果であったと考えられる。

こうした中で、孔子が説いた「仁」の意味内容を理解する上で、最も肝要と思われるのが、次に掲げる高弟の顔淵との会話である。

顔淵《がんえん》、仁《じん》を問《と》う。子《し》曰わく、克己《こっき》復礼《ふくれい》を仁と為《な》す。（『論語』顔淵篇）

ここで孔子は、「仁」とは「克己復礼」、すなわち、わが身に打ち克《か》つとともに、礼に立ち返ることであるという。いうまでもなく、「克己復礼」とは、「克己」と「復礼」との二つの内容をもっている。まず、「克己」とは、人間の内側にある自己そのものを正すこと。そのため、「克己」では、本人の自主性が重んじられるのであり、その意味では、個人の良心に頼るしかなく、主観的な行為といえる。それに対して、「復礼」とは、「礼」に立ち返ることで、「礼」という社会規範に照らし合わせながら、自分の行動がその「礼」を踏み外していないかを確認することである。したがって、社会において自分の位置を確認する必要があり、その点では、客観的な行為といえる。

このように孔子は、「仁」には、二つの側面が含まれるとした上で、その第一段階として、「克己」の必要性を説いたわけだが、その内容を、新渡戸のいう「克己」と比較すると、次のとおり、ニュアンスの相違が認められる。

忍耐(fortitude)の訓練が、一方において物も言わずに耐えることを植え付け、礼の教えが、他方において私たち自身の悲しみや苦痛をあらわにすることで他人の喜びや静穏を損なってはいけないと要求する。この両者が結合して、ストイックな気質をうみ、見かけ上の禁欲主義的な国民的性格を形成した。

（『武士道』第十一章）

すなわち、新渡戸の「克己」とは、忍耐、我慢に近いものとして理解されている。その上で、新渡戸は、「克己」によって、日本人は、感情が高ぶっても、人前では、涙を流さないし、また日本人は、厳しい試練に直面しても、笑みを浮かべる癖があることを具体的に示すとともに、最終的に、「克己」の極致として、切腹を取り上げるのである。

さらに、前述した『修養』に目を転じてみれば、次のようにいう。

克己といえば、自分の悪い心に克つというが普通の説明である。自分もまたかく解釈したいと思う。しかし、自分がこのことにつき、思想上なお一歩進めたきことは、単に己の悪性に打ち克つに止まらず善事のために、己の一身を犠牲に供するというように、己を捨てる義にも解したい。かく解するのが、克己の最上であろうかと思う。

（『修養』第六章）

ここで新渡戸は、「克己」とは、自分の悪性に打ち克つのにとどまらず、自身を犠牲にすること、あるいは自分を捨てることと説明している。この「克己」の解釈は、私欲を克服するといった朱子学の理解を踏まえつつも(9)、さらに自己抑制を強く求めるものであり、その点において、新渡戸ならではの「仁」理解があったことがうかがえる。

なお、『修養』第六章には「克己心の修養」として、その実例が細かく記されていることを附言しておく。

ここまで、新渡戸の述べた武士道の「仁」について、「克己」にも触れながら、考察してきたが、そこには、孔子・孟子の説いた「仁」という表現を用いるとともに、さらには朱子の「克己」解釈も参考にしながらも、その儒教の徳目としての「仁」の範囲にとどまることなく、新渡戸独自の思想や解釈を取り込みながら、武士における「仁」を解説していたことがわかる。

おわりに

以上、『武士道』に基づきながら、新渡戸が説いた日本人の道徳意識と儒教との関わりについて考究した。ここでは、紙幅の都合もあり、『武士道』における七つの徳目のうち、「義」「勇」「仁」を中心に扱ったが、それらを通して、新渡戸は、武士道には儒教の影響が大きいことを認識した上で、孔子はもとより、孟子、朱子、王陽明など、各思想家の思想を踏まえつつ、独自の解釈を行いながら、日本人の武士道精神を解説したことを具体的に提示した。また、この考察は、明治における国際人であり教養人でもある新渡戸の儒教理解の一端を明らかにする作業にもなったことを附言しておきたい。

(1) 一説に生後まもなく没した長男「遠益《とおます》」の一字をとったともいわれる。

(2) 『武士道』の翻訳書は、数多くあるが、本章では、原則として、山本博文訳『現代語訳 武士道』(ちくま新書、二〇一〇年)を使用する。ただし、一部、表現や表記・体裁等を改めたところがある。

(3) 「五倫」の典拠は、『孟子』滕文公上《とうぶんこうじょう》篇の「父子に親あり、君臣に義あり、夫婦に別あり、長幼に序あり、朋友に信あり」を挙げるのが一般的である。しかし、『武士道』における表現と順序から推せば、新渡戸が依拠したのは『中庸』の文章であったと考えられる。

(4) 「仁」「義」「礼」「智」「信」を「五常」として重視する例は、『漢書《かんじょ》』董仲舒《とうちゅうじょ》伝、『白虎通《びゃっこつう》』情性篇に見える。

(5) ここでの引用は、矢内原忠雄訳『武士道』(岩波文庫、一九三八年、一九七四年改版)による。

(6) 『論語』後半の文章「義を見て為さざるは、勇無きなり」は、その前半の文章「その鬼に非ずしてこれを祭るは、諂いなり」に比べてあまりにも有名である。新渡戸が、その点を考慮して、後半の文章のみを引用した可能性も否定はできない。

(7) 『修養』のテキストは、タチバナ教養文庫本(たちばな出版、二〇〇二年)を使用する。

(8) 「惻隠の心」という表現は、『孟子』公孫丑上篇のほか、同書告子上篇にも見える。

(9) 「克己」について、漢魏以来の『論語』注釈書、いわゆる古注では「己《おのれ》を克《おさ》む」と訓読して「わが身をつつしむ」と解釈するのが一般的であるのに対して、朱子の『論語集注』、すなわち新注では「己に克《か》つ」と訓読して「私欲に打ち克つ」と解釈する。

(附記) 本章は、北海道大学新渡戸カレッジ学内合宿(平成二十六年五月十一日、北海道大学)において、新渡戸カレッジ生を対象として行った基調講演「『武士道』と中国思想」の原稿に基づいて、一部加筆したものである。そのため、平明な表現・内容とすることを最優先し、先行研究の具体的成果を詳細に提示していない。その点、諒とされたい。

第三章　新渡戸稲造の宗教

佐々木　啓

はじめに

新渡戸稲造（一八六二〜一九三三）は、植民地政策との関わりや国際連盟事務次長といった政治的実務家として著名であるのみならず、第一高等学校校長、東京女子大学学長などとしての教育者、さらには、農学博士、法学博士など複数の学位をもつ学者としても大きな功績を残した。しかし、そういった多彩で国際的な彼の活躍を根底において支え、彼の人格の核を形成していたと思われるもののひとつは、キリスト教という宗教、とりわけ、わが国においてはあまり馴染み深いとはいえない「クエーカー(Quaker)」と呼ばれるキリスト教の一教派(denomination)の信念であるという点を見過ごすわけにはいかない。本章では、このクエーカーとしての側面に焦点を当て、新渡戸稲造という人物についてより深く理解することを試みたい。その際、特に本章の論述においては、新渡戸と同じ札幌農学校二期生の内村鑑三（一八六一～一九三〇）や宮部金吾（一八六〇～一九五一）との交わりをいまひとつの導きの糸としたい。

一　キリスト教徒、クエーカーの一員となるまで

新渡戸稲造とキリスト教との出合いは、彼が北海道大学の前身である札幌農学校にやってくる以前、東京外国語学校時代にまで遡る。一八七五年、新渡戸が十四歳頃にも、すでにキリスト教へのなにがしかの共感があったようであり、「福音書の物語が私の心の中に呼びさました不思議な神秘的な意識が、まだ一度も教会の中に入ったことも、宣教師と話したこともなかったにもかかわらず、祖国の人々を有能にし、世界の国々の中の偉大な力となるようにするには、キリスト教の（日本への）導入が不可欠であるという、うぶな意見を書かせた」と『幼き日の思い出』（加藤武子訳、『新渡戸稲造全集』教文館、一九八三～二〇〇一年（以下、全集と略記）、第十九巻、六四六頁（原文英語、全集第十五巻、五四三頁）、引用文中の〔　〕内は佐々木による補足で、以下同様）の中で述べている。また、一八七六年に、明治天皇が東北地方を巡幸した際に新渡戸家に下賜された金一封の分け前を使って、新渡戸は英語の聖書を購入している。このごく早い時期からのキリスト教への共感は、後に新渡戸が札幌農学校二期生として札幌にやってきたとき、例の「イエスを信ずる者の契約」(1)（写真1）に、入学一ヶ月後

（一八七七年十月二日）という早い時期に、同期生の中では真っ先に署名していることからもうかがえる。この点は、同契約への署名を当初拒み、しぶしぶ署名した内村鑑三とは対照的である。自伝や伝記の類を読む限り、内村の方が、キリスト教入信以前よりいわば信心深かったように思われる。それに対して、新渡戸の宗教心には、当初から実践的・実利的ともいえそうな、あるいは、こういってよければ、ある種の冷めた見方が見え隠れしている（この点は本章第三節でさらに述べる）。

新渡戸は、このキリスト教への帰依の表明を養父太田時敏に知らせるにあたり、次のように書いている。

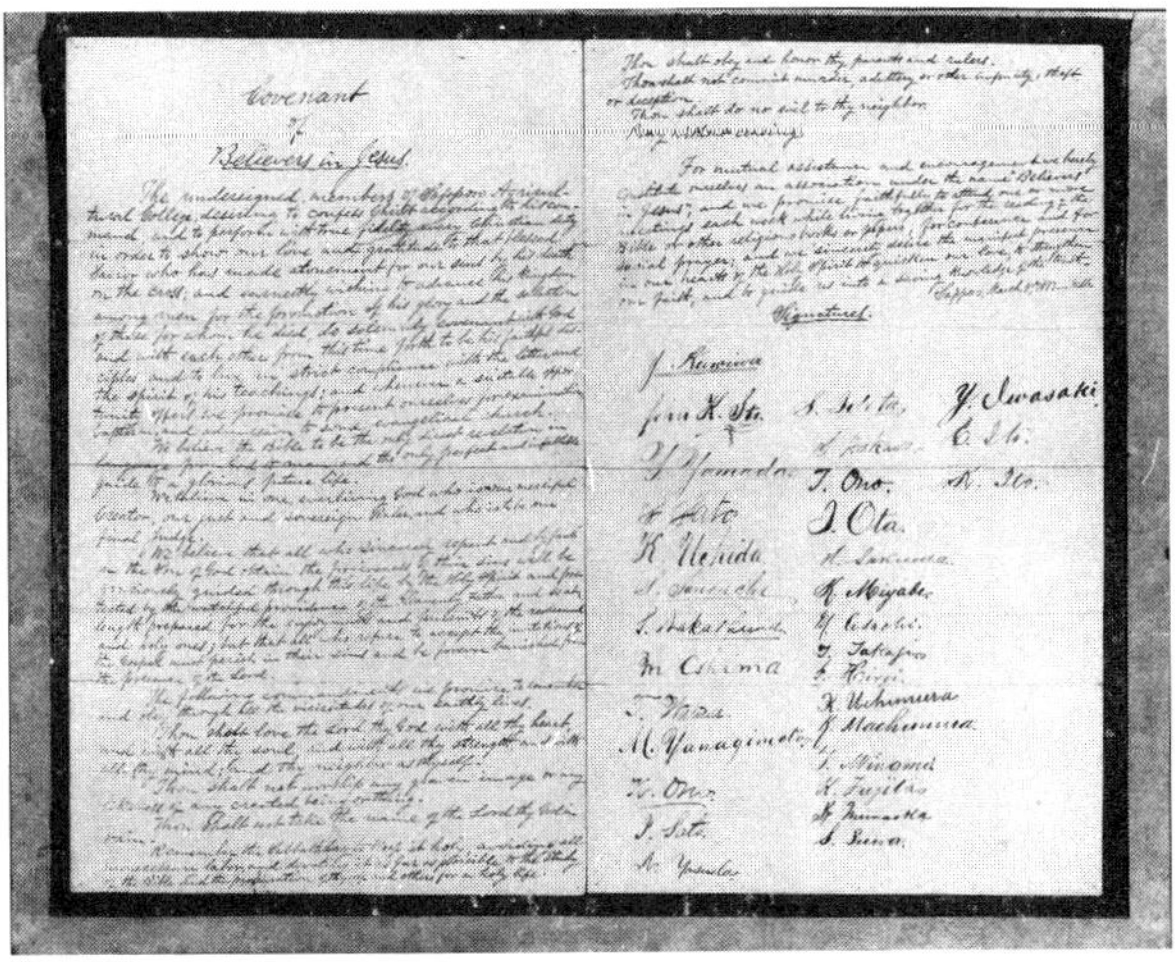

写真1　イエスを信ずる者の契約

> 宗教は米国人の申し候通り亦日本国の諺に鰯の頭も信心からと申し候如く一人一己の意に有之物にて甲は仏を信ずると雖も己は敢て同宗を信ずるに不及る物と存じ候間、私事元来耶蘇教を貴びたるの故当時は全く彼の宗に相

成り候間、小事には御座候得共一寸御報知仕り候。（一八七七年十月二十七日付け（松隈俊子『新渡戸稲造』みすず書房、一九六九年、四五～四六頁））

まだまだ拒否感が強かったであろうキリスト教への入信ゆえ、養父を安心させようとするための抑えた表現かとも思えるが、「鰯の頭も信心から」とか「小事」といった表現では、あまり熱い信仰心は伝わってこない。他方、外国人に向けて自らのキリスト教への回心体験を表明するという意図があったとはいえ、「唯一神教は余を新しい人とした。……余は基督教の全体を悟ったと考えた、それほどに一つの神という観念は感激的であった。新しい信仰によって与えられた新しい霊的自由は、余の心と体とに健全な感化を与えた」（内村鑑三（鈴木俊郎訳）『余は如何にして基督信徒となりし乎』岩波文庫、一九三八年、一九五八年改版、二六頁）などと書いて、キリスト教入信の際の――こちらはいささか気負った表現の――内村鑑三と比べてみると、その差が際立っている。

こういった内村と新渡戸の対照については後でさらに言及するが、右に記したような修辞的要因を差し引いて考えるとしても、この対照は、その後の両者のキリスト教徒としての有り様の相違を暗示している。なかんずく、この相違は両者のキリスト教理解の根本に関わっているように思われる。

新渡戸と内村、さらに宮部金吾ら同期生八人は、先の「契約」に署名した後、翌一八七八年に、メソジスト派の宣教師メリマン・コルバート・ハリスから洗礼を受け、名実ともにキリスト教徒となった。彼らは、札幌に来る以前、東京を発つ前から、「女色、飲酒、煙草を必ず用いぬ事」を約束しており、それは「契約」への署名や洗礼を受けたことを通して、さらに宗教的意味合いが強められ、彼らなりの小さなキリスト教徒の集会を組織した。(2) こういった宗教倫理的盟約を、新渡戸、内村、宮部とも終生守り通したか否かはともかく、彼らのキリスト教徒としての出発点のひとつとして、このような実践倫理的な観点があったことに注意しておきたい。

さて、晴れてキリスト教徒と呼ばれる存在になったものの、若気の至りではあるまいが、内村は正直に書いている。「余の基督教への第一歩は、強制されたものであった、余の意志に反して、また(余は告白しなければならぬ)いくぶん余の良心にも反して」(『余は如何にして基督信徒となりし乎』二二頁)。かくして、彼らの信仰上の葛藤はむしろこの時点から始まるのである。なるほど、自分たちで日曜日の集会をもち、一応札幌のキリスト教会に信徒としての籍も置いたようである。しかし、彼らのキリスト教徒としての歩みは、次第に、外国人宣教師たちがもたらした既成の教派教会の枠から外れていく、あるいはそれを超えていくことになる。この点を、ここでは新渡戸に絞って見ていきたい。(ただし、新渡戸が後に所属することになるクエーカーは、後述するようにほかのプロテスタント諸教派と異なる独特な面をもつが、今日では、キリスト教の「教派」のひとつとみなされる。)

札幌農学校で新渡戸らが定期的にもっていた集会において、あるとき新渡戸は、「全智にして全能」の神が、「この宇宙を創造しそしてそれが彼によって授けられたポテンシャル・エネルギーをもって独力で生長発達のできるようにそれに運動を与えた後に、……自分自身の存在に終止符を打って自分自身を絶滅してしまわ」なかったのか、「なぜ彼は自殺することができないのか！」などと仲間に問うた（『余は如何にして基督信徒となりし乎』五一頁）。これは、理に勝る若者の勢いあまった議論だったとしても、彼自身、日記に「今頃ハ知識ヲ好ミ教書ヲ読ムト雖モ信ノ度読書ノ為ニ登ルヲ見ズ」（一八七九年十月十四日（松隈『新渡戸稲造』七七頁））などと記していることから推して、いわば信仰心の深まりについて何らかの懸念を抱いていたことがうかがえる。

新渡戸は、特に目の健康に問題があったようであり、そのせいもあり、青春の憂愁といった以上に、ときに病的といってもいい深い鬱状態に陥った。また、偶然の行き違いにより、九歳のとき以来会っていなかった母の死に目に間に合わなかったという不幸も体験した。そういった身体や身辺の状態とも関係があるだろうし、また当初の熱気が冷めたものか、新渡戸は次第にキリスト教の教義について懐疑的になっていく。

そのような精神的葛藤の中で、新渡戸は、イギリス、ヴィクトリア朝時代の代表的思想家トマス・カーライル（一七九五〜一八八一）の著書『サーター・レザータス（*Sartor Resartus*）』に出合うことになる。カーライルは、わが国においては、現代ではあまり名前を聞くこともないが、明治・大正期の日本の知識人によく読まれた思想家であり、新渡戸や内村をはじめ、夏目漱石なども彼に触れて「カーライル博物館」という文章を書いている。

この『サーター・レザータス』は、複雑な構成をもつ文学作品であり、ここでそれを細かく論じるのは無理であるが、一言でいえば、この書は、虚構の哲学者ディオゲネス・トイフェルスドレック（Teufelsdröckh（「悪魔の排泄物」と訳せる））の思想遍歴を綴ったものである。新渡戸は、この主人公に関して、「まるで自分のことが書かれているようだ」（松隈『新渡戸稲造』九四頁）と思うほど共感したらしい。主人公のトイフェルスドレックは、「永遠の否定（Everlasting No）」から「永遠の肯定（Everlasting Yes）」へと至るのであるが、新渡戸は、この主人公の懐疑からの脱出に自分を重ねることによって、自らの煩悶を解くきっかけとなったようである。それだけではなく、新渡戸は終生この書を手もとにおいて、三十回以上も読み返したという。

このカーライルの著作が新渡戸のキリスト教にとって重要なのは、その中でクエーカーについて触れられているからである。この『サーター・レザータス』の第三巻第一章「近代の出来事（Incidents of Modern History）」に、クエーカーの創始者たるジョージ・フォックス（一六二四～九一）の事績が書かれている。新渡戸がこの本を最初に読んだのは一八八〇年、十九歳のときであり、彼が正式にクエーカーとなるのは、六年後の一八八六年であるが、それが「神の摂理」（松隈『新渡戸稲造』一〇六頁）であったかどうかはともかく、このクエーカーとの最初の出合いが、新渡戸の後のキリスト教徒としてのあり方に何らかの伏線となっているとはいえるだろう。

内村や宮部に比べると、札幌農学校時代の新渡戸は、なかなか悩みの深い少年だったようであり、また、後年の比較的安定した職業人としての姿を考えると、むしろ浮き沈みの激しい時期だったといえよう（この点でも、内村とは対照的である）。約束されたとおり、新渡戸らは、札幌農学校卒業後は開拓使御用掛となるのであるが、現場を含む役人としての活動は、元来、学者肌の新渡戸には合わなかったようである。再び眼病の悪化などもあり、二年経たずに公務を辞し、一八八三年、二十二歳のときに、養父に懇願して今度は東京大学に入学するのである。

しかし、新渡戸にとって当時の東京大学は、自らの学問的欲求を満たしてくれるものではなかったようである。新渡戸は宮部宛（一八八四年四月二十日付け）の手紙に、「（東京）大学の講義は胸がむかつく（disgustful）」（原文英語、全集第二十三巻、四一一頁、私訳）とまで書いている。それに続けて、当時の東大の教官を実名を挙げて批判している。あるいは、宮部宛の別の手紙（同年三月二十九日付け）では、「ことに（東京）大学の精神が（キリスト教ならずとも何か）宗教的になることを、私はしばしば祈っている」（原文英語、同、四〇九頁、私訳）と、札幌農学校の宗教的・キリスト教的空気を懐かしんでもいる。アメリカへの留学を決意するに至った動機について述べている文章によれば、「八年は遅れて居る」とまで指弾されている日本の学界の真相はさておくとして、少なくとも後年の彼自身の回想録、一九〇七年に出版された『帰雁の蘆』によれば、それが新渡戸の「洋行直接の動機であった」（全集第六巻、二二頁、傍点は原文）。

かくして、「太平洋の橋」たらんと、勇躍渡米した新渡戸であったが、当初は、経済的にも、また学問的にも準備不足であり、必ずしも志にかなった留学ではなかったようである。渡米した新渡戸は、札幌農学校の一年先輩で同郷の岩手出身でもある後の北海道帝国大学初代総長佐藤昌介（一八五六～一九三九）による強い勧めもあり、最初に落ち着いたペンシルヴェニア州ミードヴィルのアレゲニー大学をわずか半月ほどで去り、メリーランド州ボルティモアのジョンズ・ホプキンス大学に移るのである。この、現在まで続く、（キリスト教の特定教派の影響を受けていないという意味での）世俗的なアメリカ初の研究型の大学院大学における新渡戸の学問的成果は、あまりはかばかしいものではなかった。(3)

しかし、新渡戸は、このボルティモアにおいて、彼のキリスト教徒としてのあり方を決定づける一歩を踏み出すのである。先にも触れた新渡戸の回想録『帰雁の蘆』では、次のようにクエーカーとの出合いについて回想している。

或時同学の米国人と学校から帰る途中、会堂とは思われない、学校みたいな建物の前を通ると、十七世紀頃の服を着た婆さんが四五人出て来たのを見て「あれは何だ」と尋ねたら「あれはフレンド派の人々だ」と、「此市にも友徒が居るのか、友徒は費府に限ると思った」と殆ど一人言を吐き、次の日曜日此の会堂へ行って見た。（全集第六巻、一三八頁）

この記述によれば、その出合いは偶然でもあり、また運命的でもあるように描かれている。

そして、この「友徒」、すなわちクエーカーの集会は、「寧ろ無装飾」「説教する演壇もない、讃美歌もない、三百人許りの信徒が、座禅を組むが如くに唯端然として黙座し、折に聖霊に感じた人あれば、誰でも立つて二三分、長いので二十分も感話を述べる」集会であり、「各自直接神霊に交わるを以て礼拝とする如き、頗る僕の気に入った」（同頁、傍点は原文）のである。これは、一八八五年の出来事であり、翌一八八六年、新渡戸二十五歳のときに、彼はこのボルティモアの「友会」の正式なメンバーとして受け入れられた。別の回想〔常瑶居士（新渡戸稲造の名乗）「留学談」『札幌農學校學藝会雑誌』第二十一号（一八九六年）、七九頁〕で、新渡戸は、「余曾て本地（札幌）にありて、ジョルヂ〔・〕フヲックス、〔ウィリアム・〕ペン、〔イギリスの政治家〕ジョン〔・〕ブライ〔ト〕（一八一一～八九）、及び〔第十六代アメリカ合衆国大統領で先祖がクエーカーである〕リンコルン〔リンカン、一八〇九～六五〕等の伝を読み頗る感ずる所あり其「クエーカー」派たるを見心窃かに以為く之れ真の基督教たるべし」として、先に記したような農学校時代の読書経験とこの出合いを結びつけている。

このようにして、いくぶん予定調和的に跡づけられている新渡戸のクエーカーへの入信も、実際には、もう少し複雑な事情があったのかもしれない。新渡戸は、この時期、ボルティモアの地にあっては、思うようではなかった学業の成果を埋め合わせるかのように、クエーカーとしての働きを非常に活発に行っていたからである。(4)

さらに、このボルティモアのクエーカーの集団の中で、新渡戸は、後に（一八九一年）彼の生涯の伴侶となる女性、その集会の活動的なメンバーのひとりでありフィラデルフィアのクエーカーの名家出身のメリー・エルキントン（一八五七〜一九三八）と出会った。そうして新渡戸は、すでに帰国して札幌農学校の教員となっていた同郷の先輩、佐藤昌介の強い推挙によって札幌農学校の教師としての身分も約束され、国外で学問的研鑽を積む準備もようやく整った上で、一八八七年五月に、今度はドイツ留学へと旅立つのである。

この段階で、新渡戸の後年の華々しい活躍の道がほぼ整ったといえるが、本章の主題にとっては、彼の伝記的出来事をたどることは、クエーカーと出合ったここまでで十分である。新渡戸は、後述するように、このクエーカーの宗旨に終生忠実であったように見えるからである。

二　クエーカー

この節では、新渡戸が一生にわたってそのメンバーであったクエーカーとは、いかなる教派であるのかという点について、少し立ち入って紹介してみたい。クエーカーというのは、自分たちでもこの呼び名を受け入れているとはいえ、（神の言葉で震える〔quake〕ということで、彼らを裁いた判事によってつけられたという）いわば綽名であり、「キリスト友会（Religious Society of Friends）」とも自称しており、日本では――新渡戸自身「友徒」などとも記しているように――「フレンド（普連土）派」と呼ばれることもある。

このキリスト教の一派は、すでに前節で触れたジョージ・フォックスなど、十七世紀のイギリス国教会のあり方に反対する人々(dissenters)に始まる運動によってイングランドやウエールズなどに広がったキリスト教の集団である。その後、クエーカーの人々は、経済的なチャンスとより自由な宗教的環境を求めて、十七世紀の後半には北アメリカ大陸に渡り、ロードアイランドやペンシルヴェニアなど北東部の州に定着した。特にペンシルヴェニアは、裕福なクエーカーであるウィリアム・ペン(一六四四〜一七一八)の指導のもとに築かれた北米のクエーカーの中心地というべき州である。さらに、欧米のクエーカーは十九世紀になると、世界各地への伝道を行い、今日では、全世界で三十六万人弱が属するとされるキリスト教の一派である。ただし、プロテスタント・キリスト教のほかの多くの教派と同じように、このクエーカーと総称される教派も、それぞれの主張の違いによって今日ではさらにさまざまな下位グループに分けることができる。

日本への伝道は、一八八六年に「キリスト友会婦人外国伝道協会」のジョセフ・コサンド(一八五一〜一九三二)という宣教師が派遣されたことに始まる。この日本への宣教師の派遣は、一八八五年夏に、当時アメリカ滞在中だった新渡戸稲造と内村鑑三が行ったボルティモアの同協会における建言によるものとされている。その後、東京、土浦、水戸、石岡、下館などに、「月会」と呼ばれるクエーカーの教会にあたるものが形成され、さらに、一九一七年に、「キリスト友会日本年会」と呼ばれる日本におけるクエーカーの全国組織が創設された。新渡戸がちょうど日本にいないときにクエーカーの日本での伝道が始まったのであるが、ときに彼は「わが国の初代友会徒」と称される。

しかしながら、この日本友会が、その後日本の社会において大いに発展したとはいいがたく、本章の冒頭に記したように、そもそも多くない日本のキリスト教徒人口の中でも、さらに少数派といえる。「普連土学園」財務理事の大津光男氏は、二〇一三年に次のように書いている。「世界のクエーカーは三七万七〇五五人である。水戸の五月会会員からなるキリスト友会日本年会は、高齢化に伴い逝去者が多く、合計で五年前比マイナス一七人。僅か一四〇名だ。この数は、日本人クエーカー第一号の新渡戸稲造が、国際連盟辞任記念にジュネーヴ大学で、約三〇〇人と言った一九二六年当時の会員数の半数以下である」（財団法人新渡戸基金編『新渡戸稲造の世界』第二十二号〔二〇一三年〕、一頁、原文はアラビア数字使用）。

現在の「日本友会日本年会」のホームページ（http://www.quakerjapan.org）でも、所在地として、下妻、土浦、水戸、東京、大阪の「月会」しか記されていない。また、「普連土学園」というのは、日本のクエーカーと関連のある学校法人であるが、これは先のコサンドの活動にまで遡るものである。(5)

クエーカーの歴史を、創始者とされるフォックスから説き起こして、今日までたどる作業は、ここではできない。十七世紀に始まったこの教派の歴史も、ほかのプロテスタント諸教会と同じように、さまざまな分派を形成していく複雑なものだからである。ここでは、細部においていろいろ違いも見られるクエーカーの諸集団を俯瞰して、それらの多様性の中においても共通する基本的な宗教上の考えを確認することにしたい。

アメリカのある研究者は、クエーカーの信念の特徴を次のような四つにまとめている。(6)

①　クエーカーの主張によれば、彼らの信仰は特定の信仰箇条(creed)によるものではないので、何か記述されたものの伝統に縛られているわけではない。

②　クエーカーの主張によれば、彼らの礼拝は形式的なものではなく、その礼拝では秘跡(聖餐式のようなキリスト教の儀礼)を行わないので、彼らの「神学」はキリスト教の歴史の中で発展してきたいろいろな儀礼の実践とは関係がない。しかし、そのことによって、逆説的だが、クエーカーは独特な仕方で二つの礼拝「形式」をもつ集団に分かれている。

③　クエーカーの信仰は、主に体験を重視する信仰なので、その「神学」は、社会的あるいは政治的条件や人間の必要性に発する固有の具体的な状況から生じ、その中で発展してきた。

④　クエーカーの信仰は、神秘的な信仰として、その第一の権威の源は内的経験であり、聖書をはじめとする文書の権威や教会の伝統ではない。そういった経験は、元来、「内なる光(the Light Within)」「内なるキリストの光(the Inward Light of Christ)」などと呼ばれてきた。そのようにして、最初から、聖書などの文書と経験が密接に織り合わされていたのである。

これらのクエーカーの特徴をもう少しわかりやすく解説してみよう。

①に関連して、キリスト教では、たとえば、カトリックのみならず、数多くの分派に分かれてい

るプロテスタント諸教会の大多数にも共通する、「三位一体」のような教義を条文化した「信仰箇条」がある。「三位一体」とは、「父なる神」「子たる（人間である）イエス・キリスト」「聖霊」の三者が三つの「位格」にして一つの「実体」であるという教義である。このような教義を形成し解釈する過程で、ときに激しい「神学」上の議論によって、キリスト教各派は分裂し、それぞれの「信仰箇条」をもつようになっていったといえる。

クエーカーに関していえば、この「三位一体」を積極的に否定するわけではない。しかし、自分たちを「非神学的」と称することがあるように、クエーカーはそのような教義を論じる「神学」というものを第一に考えるわけではない。したがって、「クエーカーの神学」というのは、ある種の形容矛盾となるわけだが、歴史的に形成されてきた伝統的教義や「信仰箇条」などは重視しないというのが、いわば彼らの「信仰箇条」なのである。（右の引用で「クエーカーの主張によれば」と繰り返されているのは、このように「信仰箇条はない」という「信条」をもつといった現実的な矛盾があるからだろう。そのような矛盾を考慮して、クエーカーについては、以下では、「神学」や「信仰箇条」ではなく「信条」という言葉を使うことにする。）

それゆえ、今日では、クエーカーの「信条」というべきものの幅は非常に広く、ほかの伝統的なキリスト教信仰に近いものから、「ユニヴァーサリスト（universalist）」と呼ばれ、仏教など世界のほかの宗教的伝統との統合・一致を主張するものや、果ては「無神論」の立場をとるクエーカーまで存在するのである。さらに、聖書の歴史的・批判的研究や進化論のような新たな学問的・科学的思想や技術などに対しても、保守的なキリスト教の教派とは異なり、概して積極的に受け入れていく姿勢がクエーカーには見られる。また、キリスト教の正典たる聖書についても、その権威を一概に否定するわけではないが、その重要度や扱い方に関しては、彼らの間でも意見のばらつきがある。実際には、クエーカーにも、創始者たるフォックスの手になるものなど、多数の文書があり、読み継がれているのも事実である。(7) また、フォックス自身は、聖書の権威を高く見ていた。

②について、クエーカーは元来、水による洗礼式やパンと葡萄酒による聖餐式のような、キリスト教がその歴史の流れの中で発展させてきたさまざまな宗教儀礼を拒否した。またカトリックの司祭やプロテスタントの牧師のような職業的な聖職者を置かず、信者ひとりひとりが神と直接結びつくという考えである。したがって、礼拝の形式も独特なところがあり、そもそもそれは、先に「座禅を組むが如くに唯端然として黙座し」と新渡戸の引用文中にあったように、ほかのキリスト教会に見られるようなものとは大きく異なっていた。

そのような礼拝は、この②で「二つの礼拝「形式」」と呼ばれているもののひとつであり、各種のミサ、あるいは、讃美歌や聖書朗読、説教などを含むカトリック教会やほかのプロテスタント教会で行われているような礼拝「形式」をとらず、「式次第のない礼拝(unprogrammed worship)」あるいは「〔神の霊感・意志を〕待つ礼拝(waiting worship)」などと呼ばれる。ただし、今日の世界各地にあるクエーカーには、伝統的なプロテスタント・キリスト教会の礼拝形式をとっているものも多いようである。(ここで「逆説的」といわれているのは、実際には、「形式」がない礼拝と、ある程度

「形式」がある礼拝という、二つの「形式」の礼拝があるからだろう。）

③について、「体験を重視する」とは、メンバーひとりひとりの体験を重視すると同時に、「社会的あるいは政治的条件や人間の必要性」を考慮し、現実世界のさまざまな出来事と関わりをもち、社会に深くコミットし活動的であるということを意味する。たとえば、クエーカーは、いかなる場合にも暴力を否定する絶対平和主義(pacifism)で有名であり、良心的兵役拒否を行う教派として知られている。その代わり、彼らは、戦時の救護活動、戦後の復興援助などを積極的に行うのであり、第一次世界大戦後には、そういった活動が東欧やロシアにまで及んだ。また、古くはアメリカにおける奴隷解放運動をはじめ、今日でも、アメリカ先住民に対する援助や刑務所の環境改善運動など、さまざまな人道主義的(philanthropic)活動にも積極的に取り組んでいる。さらに、当初からクエーカーは、女性にも男性と対等の役割を認めており、現代の女性の権利拡大運動などにも積極的である。

④について、「内なる光」とは、クエーカーの創始者フォックス以来の考えであり、ひとりひとりの人間への神の直接的働きかけを確信するという彼の信念による。②に関連して述べたクエーカーの「式次第のない礼拝」においては、「内なる光」すなわち神の霊感に感じた者が、自由に発言――日本の友会では「感話(message)」などといわれる――できるが、それは神によって語らせられていると考えるのである。彼らの活動方針などを決める会議――「事務会(business meeting)」などと呼ばれる――においても、投票による多数決などで物事は決せられず、個々のメンバーに働

きかける神の意志を全体において確認するという仕方で合意形成が図られるのである。このような、「内なる光」に基づく各自の神(の意志)の体験重視という考えは、ある種の神秘主義ともとれるが、自己の内的体験へと引きこもるのではなく、クエーカーの人々はむしろそれを彼らの共同体において共有し、さらに、社会の中で、日常生活においても具体的に体現することを重んじるのである。

そのような彼らのあり方は、戦争拒否のような、大きな社会問題に関わることがらだけでなく、たとえば華美な服装を避けて質素を旨とすることや、宣誓行為の拒否、禁酒、さらには、身分の高い人物の前でも帽子をとることを拒否するとか、身分の高い人物に対して使うべきyouという尊称の二人称代名詞を避け、差別的にならないように、もはや廃れてしまった誰に対しても用いられたthyやtheeという二人称代名詞を用いるといった、いくぶん偏屈ととられても仕方のないような習慣も含めて、日常の生活スタイルにおいてもあらわされてきたのである(ただし、右に記したような服装や言葉遣いに関しては、現代のクエーカーの人々はあまりほかと変わらないようである)。

短くまとめるならば、クエーカーの特徴とは、書かれた「信仰箇条」や「神学」などに縛られるのではなく、さまざまな異質な宗教的信念までも受け入れる(排他的ではないという意味における)寛容さと、そういったあり方に基づく平和主義的、平等主義的、あるいは人道主義的実践といったことになるだろう。

三　クエーカーとしての新渡戸稲造

さて、新渡戸稲造という人物の伝記的事実や彼の行った講演、記した文書などを多少とも知る者は、第二節で紹介したクエーカーの「信条」ともいうべきものを念頭に置いてそれらを捉え直してみるならば、彼の生き方がクエーカーそのものだといってもいいことに気づくはずである。

『新渡戸稲造全集』に収められた彼の談話集『人生雑感』に、「友会徒の生活」というクエーカーそれ自体を紹介したものがある。その講演で新渡戸は、まずクエーカーの創始者であるジョージ・フォックスの生涯を簡潔にたどった後、先の引用にも名前の挙げられていたイギリスのジョン・ブライトというクエーカーの政治家の行動などを例としながら、クエーカーの「信条」とそれに基づく彼らの生活態度について具体的に紹介している。そういった生活態度などについては、第二節の内容と重なるので繰り返さないが、新渡戸自身がクエーカーそのものをどのように捉えていたかを確認しておこう。

アメリカで、クエーカーは裁判の証言に際して宣誓をしなくてもいいと認められていたことについて、新渡戸は次のように書いている。

友会徒はどうして此の信用、此の名誉を得たか。理屈から得たのではない。第一条第二条と書いた理窟ではない。理窟はクエーカーよりも旨い宗派〔教派〕が沢山ある。全く各自の生活が正しかったのである。（全集第十巻、二七頁）

そして、クエーカーのそのような「正しい」生活を支える根源的な考え方について、次のように述べている。

一体此宗の教理の大体は、先にもお話した通り、自分の心に省み良心に質して、正しいと思えば何処迄も遣る、といふことである。根本は心である。心が正義とし、是なりと信ずる所を行ふ。（同、二九頁）

これは、クエーカーの件《くだん》の「内なる光」を一般の人々にわかりやすいようにいいかえたとみなせる。

ところで、親友内村鑑三などに比べると、新渡戸は、聖書について、あるいは宗教についても、多くを語ったり書いたりしたとはいいがたい。しかしながら、そういった寡黙さこそが、新渡戸のキリスト教観、あるいは宗教観を示しているのである。

新渡戸は、一九〇〇年に英語で著した『武士道』の「初版への序」に次のように書いている。

私があまり共感を覚えないのは、キリストの教えをあいまいにする教会のやり方、およびさまざまな儀礼や形式であって、教えそのものではない。

私は、キリストが教え、かつ『新約聖書』の中に伝えられている宗教を信じているし、同様にわが心に記された律法を信じている。さらに私は、神がすべての民族や国民——異邦人であろうとユダヤ人であろうと、またキリスト教徒であろうと異教徒であろうと——と「旧約」と呼ばれる契約を結ばれた、と信じている。私の宗教観のその他の点について、読者に忍耐を強いる必要はなかろう。（山本博文訳『現代語訳　武士道』ちくま新書、二〇一〇年、一五頁）

この短い文章が、第二節で詳しく見たようなクエーカーの「信条」そのものであるということは、もはや説明を要しないと思われる。

今日の多様なクエーカーの中にあっては、この新渡戸の「信条」は、聖書の権威を比較的高く見る方であり、また、「異教徒」までも含み込むという点では、先に記した「ユニヴァーサリスト」的であるが、「わが心に記された律法」とは、かの「内なる光」と読み替えることができるであろう。また、「神学」についての、簡潔というよりあまりに素っ気ない書き方も、「非神学」的であることを表明するクエーカーの原則に忠実であるといえよう。

いずれにせよ、キリスト教、あるいは宗教一般に関する新渡戸の考えは、いわば「クエーカー的」に一貫したものである。

そのことは、宗教そのものを論じた数少ない彼の講演「宗教とは何ぞや」においても明らかである。

この、短い講演の中で、まず新渡戸は、「宗教とは……、学理の外に超然たるものなれば、哲学や神学や科学を以て、之を解釈することはできぬ」(全集第十巻、一四頁)と述べて、クエーカーらしく最初に「神学」をも退けている。そして、「宗教は感情」なりというゲーテの説を紹介した後、「宗教は意志の働きなり」という自らの発言を弁明して、「宗教は理性にあらざると共に、感情のみにて全きを得るものでは無い」(同、一六頁)と続けている。そして、最終的に新渡戸は次のように結論づけている。


宗教とは人が神の力を受けて、之を消化し己の性質に同化して、己れのものとして、之を外に顕はすことを云ふのである。(同、一九頁)

これも、まさしく、「内なる光」に感じて、それを現実社会のさまざまな場面において具体的な実践に移す、というクエーカーの「信条」そのものであろう。

クエーカーとしての新渡戸稲造のキリスト教観、宗教観についての引用は、少なくとも日本語で書かれたものにおいては、右のようなものだけでもはや十分であろう。(8) なぜなら、彼の宗教観、さらに彼のキリスト教徒、あるいはクエーカーとしての「信条」も、これらに尽きているといって過言ではないからである。新渡戸が、これ以上くどくどと自らの「神学」を展開することや、あるいは、聖書の個々の章句について細かい注釈を加えることはほとんどないのである。この点、『羅馬書の研究』をはじめ、相当量の「神学」的書き物や聖書についての注解書を残した――こちらはそもそも宗教家であるとはいえ――内村鑑三との対照が再び際立っている。

また、必ずしもキリスト教や宗教といったものを主題にしているわけではないが、折に触れてなされた数多くの感話・講演の類にも、新渡戸のクエーカーとしての基本的な「信条」を暗示する表現が随所に見られる。

たとえば、「我が教育の欠陥」という短い講演では、真理を「覚知」せしめるものとして、「予は信ず、人の衷心、聖の聖なる裡《うち》に、神性ありて、これのみ能《よ》く宇宙間に秘める神霊を認識し、これを悟覚するを得るものなり」(鈴木範久編『新渡戸稲造論集』岩波文庫、二〇〇七年、一五頁)と述べているが、これなどやはりクエーカーの「内なる光」を思い起こさせる。あるいは、「倫理的の行為は我《わが》輩《はい》議論だと思わない。実行だと思う」(同、一二頁)などといった実践を慫慂《しょうよう》する発言も、「神学」を避け、さまざまな社会的活動の中で自分たちの信念を具現させていこうとする、クエーカーの考えに等しい。

さらに、このようないわばクエーカー的な新渡戸の表現は、「車挽く人、柴刈る野の人にも尚解し得る程度に」(『修養』、全集第八巻、八頁)[9]、意識して一般人向けにわかりやすい言葉遣いで書かれた、彼の多くの「雑感」の類のそこかしこからも拾い上げることができる。

加えて、新渡戸の社会的な活躍を見るならば、それは、右に記したような彼の「宗教」、あるいは「クエーカー」としての「キリスト教」がまさに具体的かつ現実的に展開されたものであったことがうかがえる。

そういった活動とは、たとえば、東京女子大学の創設に深く関わるといった女子教育への貢献であり、東京大学などにおける「高壇から威圧的に生徒と対するのでなく、身近に接して語り合う」(鈴木範久「解説」『新渡戸稲造論集』三二〇頁)[10]平等主義的教育の姿勢である。あるいは、札幌での遠友夜学校の創設といった博愛主義的実践であり、最晩年の、文字どおり「太平洋の橋」となって日米間の争いを回避させようといった平和主義的活動なのだろう[11]。

以上のように、新渡戸がその書き物や発言においても、また、実社会での活動においても、すなわち彼の生き方全体がきわめてクエーカー的であり、第二節で示したようなクエーカーの「信条」

に沿ったものである、ということが確認できるとして、そのことは、新渡戸がまさしくクエーカーというキリスト教の一派に入信したことによって、彼の人格がそのように形成されたのだ、といえるだろうか。本節の締めくくりとして、この点について少し考えてみたい。

ここでは、新渡戸がキリスト教徒となって何年も経たない二十一歳（一八八二年）というごく若い頃に、つまりクエーカーとなる以前に、西洋のキリスト教会について彼自身が記した文書に注目したい。札幌農学校を卒業して任官したものの、体調を崩し（とりわけ目を患い）上京して養生した後、再び札幌に復帰し札幌農学校の教師を兼ねていた頃、胆振《いぶり》地方への出張の様子などを養父に宛てて知らせた手紙の中に次のような記述がある。

これは、当時の北海道の未開化な農民の姿を慨嘆して記した部分であるが、「昔日には某々祭或は節句等ありて、時々農業を休みたるものなれど、近頃は半開化入来たり皆々勝手主義と相成り昔日の風俗をいやしみ、祭りもまもらず、節句もおこたるうれひあり〔。〕而て休業せずんば如何にそうけんなりと雖も永く健康を保つ能はず」などと述べて、伝統的・宗教的な儀礼や制度を怠る農民の暮らしを憂えている。そして、西洋キリスト教社会では日曜日の「安息日」というものがあり、「運動、休息能く規則立ち、身体に大なる裨益を与ふるなり」などとして、さらに続けて書いているのである。

思ふに人々の交際なくんば智開けず、亦た快楽も得ざる可し　そは人ちゅうものは交わりを好む動物にして、孤立独座して発達せず、さて邦国の外国農家に劣るゆえん幾分か此の点に在ると存候　外国に於いては日曜日毎に、渡世を休み会堂と申して耶蘇教の説教を聞きに行き、たとへ宗教を信じようが信じまいが、たとへまじめになって、僧の説教を聞こうが、聞くまいが農夫数人一ツ屋根の下に会せば、親睦は云ふに及ばず互の会話にて智慧を開く一大機会には候はずや。（一八八二年七月三日付け（松隈『新渡戸稲造』一一一〜一一二頁）、傍点は佐々木）

これは、養父に宛てて打ち解けて書いた農民の生活に関わる実践的提言であるとしても、何か妙に実利的・功利的意味合いの強い主張ではなかろうか。また、後年、結局新渡戸は既成のキリスト教会の制度的あるいは儀礼的なあり方を拒否するのであるが（上述のように、クエーカーの礼拝形式は、ほかのキリスト教各派と比べると独特である）、そういった教会の儀礼や制度になぞらえて、日本の儀礼や祭りに対してすら、ここではいたく肯定的なように読める。[12]

つまり、いくぶん大胆に主張するなら、先に確認した新渡戸稲造の非常に「クエーカー的」といえる言行も、彼がクエーカーとして生きるようになってから、その「信仰」によって形成されたというよりも、実は、むしろそれ以前よりあった彼の生来の実践的あるいは実利的といってさえいいような宗教上の志向にさらに深く根ざしているのではないか、ということである。そのような志向があったからこそ、彼は最終的に、きわめて実践的でもあるクエーカーの「信条」を受け入れることができたのではないか。

また別な言い方を試みれば、新渡戸の人格は「クエーカー的信条」を中心として確立されたのだとしても、そこへと向かわしめたそれ以前に遡る彼自身の傾向性のようなものがあって、それはむしろ、クエーカー的というよりは、そうでない要因によるのではないか、ということである。たとえば、『武士道』をはじめ、いろいろな場所で、新渡戸は中国の明代の儒学者王陽明（一四七二～一五二八）の思想、陽明学に言及し、その思想への共感を表明している。新渡戸の談話のひとつ、「友会徒の社会的事業」（『人生雑感』）では、次のように述べている。

兎に角此の人〔クエーカーの創始者たるジョージ・フォックス〕の伝記を見ると、自分の信じた事は必ず行ると云ふ主義、即ち王陽明派の八釜しく謂って居る所謂知行合一、知ると云ふことゝ、行ふと云ふことゝ同じにする、行はなければ知るとは云はれぬといふ考を以て、自分の善と信じたことを実行することを教えた。（全集第十巻、四九頁）

これなども、クエーカーにも近しい東洋の思想に新渡戸が後になって出合ったというのではなく、そもそもキリスト教と接する以前、すでに幼少の頃に共感をもって習い覚えた思想だという可能性はないだろうか。

いずれにせよ、どのような人間であれ、その人格形成には、複雑多様な要因が絡んでいるはずである。ここまで、新渡戸稲造という人物とクエーカーというキリスト教の一教派との関わりを中心に据えて論じてきたわけだが、最後に、そういったクエーカーとの関わりを超えて、あるいはそれに先立って、彼の人格形成の基礎となっているものをさらに詮索してみる可能性と必要性があることを指摘しておきたい。

いま一歩踏み込んでいうならば、それは新渡戸稲造という人物における、より東洋的あるいは日本的、さらにいえば「武士」的特徴なのかもしれない。たとえば、人生の中でたびたび彼を見舞った身体的・精神的不調にもかかわらず、常に再起し、われわれ二十一世紀の人間に比べても、いやそれ以上に、世界に目を向け、「大志を抱いて」何度も外国へと出かけていくように彼を突き動かしたのは、むしろ、「お前には家名を辱めぬため、また代々仕えた殿様を辱めぬため、仇敵官軍の人々を凌ぐ偉い人物になる義務があるのだ」(『幼き日の思い出』、全集第十九巻、六二五頁〔原文英語、全集第十五巻、五二五頁〕)といった、多分にルサンチマンを含む養父による幕末維新期の「武士」の教育ではなかったのか[13]。あるいは、それは、「それに付ても何分何分心を正しくし、名を高くかがやかし被下度、おまへかたよき人々にならざれば、母ににて子どもらは馬鹿じゃといわれ可申、どふぞどふぞおぢい様やお父様のこじゃといわれ候様ひとへにたのみ申し候」(一八七六年八月一日付けの新渡戸の母親からの手紙、松隈『新渡戸稲造』二八頁)といった情緒纏綿《てんめん》とした母の教えだったのかもしれ

ない。(14)

四　新渡戸・宮部・内村と彼らの間——結論に代えて

さて、冒頭に記したように、新渡戸稲造と彼の生涯の友である内村鑑三と宮部金吾ら三人の関係についてまとめることで、本章の結論に代えたい。

写真2として掲げたものは、札幌農学校を卒業して二年後(一八八三年)に東京で再会した三人の姿である。まだ年若い青年の憂いか、未来への不安か、互いに交わることのない視線はどこか心もとない。しかし、われわれは、彼ら三人がその後の人生においていかに多くのことを成し遂げ、歴史に名を残す存在となったかを知っている。そして、彼らの事績が、まれに見る相互の堅い友情によって支えられていたことを知ると、この写真には人を感動させずにおかない「何か」があると感じるだろう。

写真2　新渡戸稲造，宮部金吾，内村鑑三(左から)

彼らは、札幌農学校卒業後、三者三様の道

を歩むことになる。特に、いろいろな点において、新渡戸と内村の人生は対照的なように思われる。札幌農学校の卒業生は、在学当時から官費給費生であり、将来は開拓使の役人となることが義務づけられた人生行路であった。しかし、紆余曲折があったとはいえ、国際連盟事務次長となるまで官の道を突き進んだといえる新渡戸と、次第に官どころかいわば民からも外れ、最終的には在野の宗教思想家として生涯を送ることになる内村とは文字どおり真逆であろう。しかし、彼らの友情は終生変わることはなかった。

札幌農学校時代、偶然の行き違いから母の死に目に間に合わず、悲痛な憂鬱に沈む十九歳（一八八〇年）の新渡戸に対して、内村は励ましの手紙を書いた。

兄弟よ、悲しみに塞がれるな。健康によくない。君は健康のために帰省したのだから。今は亡き君の母上は、自分の体のことより君の健康のことを気遣っていた。元気を出して、強く健康な人間になってくれ。国のため、神のため、家名を汚さぬため、自分自身のために素晴らしく有用な働きをなして、先に逝ったご両親を喜ばせるように頑張ってほしい。僕たちは君のために祈ることを決して怠りはしない。兄弟よ、愛する兄弟よ、体は健康で、信仰は生き生きとして、希望と恵みに満ちた君と再会することを僕は切に望み、祈っている。君の最も愛する兄弟にして友人たる「ヨナタン」K・内村。（一八八〇年八月三日付け（原文英語、『内村鑑三全集』第三十

六巻、岩波書店、一九八三年、七頁、私訳〉、傍点は原文イタリック〉

内村からの手紙をよく保存していた新渡戸や宮部に対して、内村は彼らからの手紙をあまり保存していなかった。しかし、内村の「愛」が決して独りよがりではなく、相互的なものであったことは、内村の手紙からでも読み取れる。

最初の結婚の際に〈内村は三度結婚するのだが〉、家族から猛反対され困難に陥っていた内村を、新渡戸はいろいろと支えたようである。すでに東京にいた内村は、札幌の仕事を辞し東京に出てきた新渡戸に宛てて次のように書いている。

君が最近僕に示してくれた愛情と親切にどのようにしてお礼の意をあらわしたらよいものか？君に対して心からの感謝の念をもって報いるすべを僕は知らない。兄弟よ、忘れないでほしい、君がこのたび示してくれた親切は、消えることなく僕の心の中にずっと残り続けることだろう。

〈一八八三年十月三十日付け〈原文英語、『内村鑑三全集』第三十六巻、七八頁、私訳〉〉

また、同時期、東大での研鑽を終え、新渡戸とは逆に札幌に戻った宮部に宛てて、内村は次のように書いている。

僕ら〔内村と新渡戸〕は十日に一度ほどしか会えないが、とても近くにいると感じる。そして、神が僕にひとりの大きな慰め手、相談相手〔つまり新渡戸〕を残してくれたことに感謝したい。彼の冷徹な知性と僕の無謀な精神とは、お互いの行動を補い合うように按配されている。（一八八三年十月三十一日付け〔原文英語、『内村鑑三全集』第三十六巻、八一頁、私訳〕）

「クエーカー的」実践の人である新渡戸は、言葉のみならず、いや言葉以上に、温かい真摯な行為によって内村を励ましたに違いない。これは彼らが二十代前半のことであるが、ずっと後、一九〇九年に、内村の主宰するいわゆる「無教会」(15)という新たなキリスト教運動の集会に第一高等学校の教え子たちを送り込んだのは、ほかならぬ新渡戸ではなかったか。第二次世界大戦前から、そして戦後日本の学問や政治の世界に至るまで影響を及ぼすことになる若きエリートたちが加わったことで(16)、内村の必ずしも容易とは思われない孤高のキリスト教伝道は、間違いなく勢いを得たはずである。

他方、新渡戸がすでに上京していた頃の右の手紙のやりとりに先立って、札幌農学校卒業後、宮部も内村も札幌を離れ、一八八二年の春までひとり札幌に残っていた新渡戸は、宮部に宛てて次のように書いている。

僕の宗教の様子についていえば、君〔宮部〕の昨夜の手紙を読んで起った感動とどのように格闘したものか、僕にはわからない――僕の語彙が足りないというより、むしろ感情が急に激したからだが――君たち二人が憐れにもあてどなくさまよう僕の為に抱いてくれる関心に対して、君とロン〔内村の綽名〕にどう感謝してよいか、僕にはわからない。僕の経験は、君とロンの僕に寄せる友情を、疑いのかげさえなく証明している。温厚かつ堅固な君は、ヨハネの精神を吸収している。激情的だが堅固なロンは、ペテロの精神を恵まれている。堅固なところが一つもなく〔高慢のほかは〕、粗野で、微温的で、聖者にふさわしい資格など全くない僕は――もし使徒の誰かに何かにているとすれば、疑い屋のトマスにこそだろうが――君たちのこんなにも同情あふれる友情の絆にかなうところは一つもない。だが、その点をどこまでも言い張るつもりはない。もし実際その点を押しつめていけば、僕の魂は二人のしかし唯二人だけの友を失うことになろうからね。僕の感謝は筆には尽くしがたい。僕の感謝は神にこそ申しあげよう。（一八八三年五月九日付け、佐藤全弘訳、全集第二十三巻、七二八～七二九頁〔原文英語、同、七〇〇頁〕、傍点は原文）

新渡戸は、この後、職を辞して東京大学に再入学し、さらにアメリカ、ドイツへと留学するのであるが、ジョンズ・ホプキンス大学でなかなかはかどらない外国での研究に奮闘している頃にも、宮部に宛てて書いている。（先に記したが、右に引用した手紙の直後に上京した新渡戸と入れ違いに、宮部は札幌農学校助教として一八八三年七月に札幌に戻っていた。）

カポ〔新渡戸がつけた宮部の綽名〕君、ぼくに手紙をくれ、何度も、幾度でも。いつものようにお互い同士、友人として助け合おうではないか。ぼくにとって吉報であり、有益だと君が判断することは、どんな事でも知らせてくれたまえ。ぼくの性格のうち、成功や実益のさまたげになるような点は、なんなりともただしてくれたまえ。どのような忠告でも歓迎します。（一八八四年十月五日付け、ミードヴィルから、鳥居清治訳、全集第二十二巻、二五二〜二五三頁〔原文英語、全集第二十三巻、四二〇頁〕、傍点は原文）

何事によらず、常に札幌を連想していることが、君〔宮部〕にはよくわかっていただけるでしょう。ほんとうのことを言えば、いつか、札幌において「神」と国のため、多少なりともお役に立つことが、僕の真剣な願いであり、心からの祈りでもあります。（一八八五年十一月十三日付け、ボルティモアから、鳥居清治訳、全集第二十二巻、二五五頁〔原文英語、全集第二十三巻、四二二頁〕、傍点は原文）

一八八四年から一八九一年にわたる新渡戸のアメリカ、ドイツ留学の時期の手紙には、異国での孤独な生活のせいでもあろうが、札幌時代をしきりに懐かしむ、宮部らの友情に対する感謝の気持ちが何度も書き連ねられている。また、同時に、一八八八年に新渡戸に先立ってアメリカから帰国したものの職の定まらない内村を気遣う文言も散見する。政治学者の古矢旬は、この時期の新渡戸の手紙のキーワードは「神、日本、札幌」であると書いている。[17]

世界を股にかけて活躍することになる新渡戸と、東京を拠点に独自のキリスト教運動を展開する内村に対して、ハーヴァード大学での学問的修行を終えた宮部は、札幌農学校から北海道帝国大学へと続く教授として、生涯札幌の地にとどまった。また、既成の教派を超えたものとはいえ、新渡戸や内村に比べれば、札幌独立キリスト教会というひとつの「教会」のメンバーとして、宮部は比較的オーソドックスな教会人であった。つまり、彼ら三人は、錨のごとく札幌にある宮部を要としながら交流を続け、新渡戸は、留学からの帰国後七年弱の間札幌で農学校教授として働いたが、その後は国内外での多忙な活動の合間に二度ほど、内村の方は、「札幌伝道」などと称して自分の宗教活動のためなどで八回も、札幌に帰ってきたのである。三人は、公私にわたり終生支え合ったといえる。そのことは、彼らが交わした大量の書簡からのみならず、何よりも彼らの達成した――「共同の」とすらいっていい――作業によって証明されるだろう。

ペンシルヴェニア大学のクエーカー研究者E・ディグビー・バルツェルは、ボストンを中心とする清教徒（ピューリタン）とフィラデルフィアを中心とするクエーカーという、独立以前からアメリカを牽引してきた二つのエリート層を分析した浩瀚な著作の中で、「清教徒とクエーカーの道徳とそれらの文化的帰結」という両者の明快な対照表を提示した。[18] その対照表によるならば、内村鑑三は清教徒の類型に、新渡戸稲造は当然のことながらクエーカーの類型にきわめてよく当てはまる。

ここであまり詳しく展開することはできないが、たとえば、「神学」を声高に語る清教徒的内村に対して、雄弁な「神学」を退けるクエーカーの新渡戸、清教徒のように超越的な神を高調するのが内村ならば、むしろ内在的な心の「内なるキリストの光」を唱えるのがクエーカーの新渡戸である。あるいは、平等主義的な新渡戸の教育はクエーカーのものであり、自身の集会において垂直的な師弟関係を築いた内村は清教徒的である。つまり、両者は、キリスト教の立場のみならずさまざまな点において、非常に対照的、あるいは対立的だとさえいえるのである。

アメリカにおいては、清教徒とクエーカーの対立は、初期には暴力すらはらんだ激しいものであった。しかし、内村と新渡戸の間にはそのような対立は見られない。あるいは、本来的な対立点が、彼らの「愛」ある友情のゆえに見えづらくなっているのかもしれない。そのような対立点は、彼らの友情あふれる人間関係によって、対立せずに、むしろ相互に補い合っているかのように見える(先に引用した内村の手紙を参照)。

そしてもうひとり、彼らの間に宮部がいることを忘れてはならない。彼ら三人のキリスト教のあり方を合わせれば、アメリカのプロテスタント・キリスト教会のひとつの基本的な姿があらわれてくるといえるだろう。しかし、彼らは同時に、いまひとつの本来のアメリカ型プロテスタント教会の基本型であり、アメリカのコミュニティーの歴史的基盤でもある既成教派の「教会」という制度的なあり方を嫌った点で共通している。これは、(特に新渡戸と内村にあっては)彼らの国家主義、すなわち、先の新渡戸の手紙のキーワードでいえば「日本」と関連したことがらであると思われるが、[19]この点を立ち入って論じるにはもはや紙数が尽きてしまった。

いずれにせよ、新渡戸稲造と内村鑑三、そして宮部金吾の三者の間にあった友情、札幌農学校でごく若い時代に培われ、生涯続いたその「愛」ある人間的交わりこそ、彼らの数々の大きな業績の礎にほかならないのではないか、ということを示唆して、本章の結論に代えたい。新渡戸自身も次のように何度もいっているからである。

世の中は相持ちで持って行くのであるから、助け助けられ、惜しみ惜しまれ、苦も楽も皆相互に分ちながら行くものである。（『世渡りの道』〔一九一二年〕、全集第八巻、二二〇頁）

けだし、相持ちにして持ちつ持たれつするが人間最上の天職である。（「教育の目的」『随想録』〔一九〇七年〕、全集第五巻、二三一頁）

（1）　札幌農学校一期生が、初代教頭ウィリアム・スミス・クラーク（一八二六〜八六）の感化により署名したキリスト教信仰を誓う「契約」であり、クラークが起草したまさしくキリスト教の「信仰箇条(creed)」というべきものである。原文は英語で、彼らの集会から発展して建てられた札幌独立キリスト教会に保存されている。

（2）このような集団は、後に「札幌バンド」と呼ばれるようになり、「熊本バンド」「横浜バンド」などと呼ばれる集団とともに、日本のプロテスタント・キリスト教会発祥に関わる中心的集団のひとつとみなされるようになった。

（3）この点については、John F. Howes (ed.), *Nitobe Inazô: Japan's Bridge Across the Pacific*, Boulder, San Francisco, Oxford: Westview Press, 1995, pp. 55-76 (3 Graduate Student and Quaker [written by Furuya Jun]）を参照。

（4）前注で挙げた書籍の政治学者 Furuya Jun（古矢旬）による章を参照。また、新渡戸自身は、「宗教の勢力至りて微にして」（「留学談」『札幌農學校學藝会雑誌』第二十一号、七九頁）などと書いているが、Furuya によれば、ジョンズ・ホプキンス大学創設のために死後にその遺産が提供された実業家ジョンズ・ホプキンス（一七九五～一八七三）自身がクエーカーであり、実際には、この大学におけるクエーカーの影響は小さくないものであったようである（*ibid.*, p. 65）。

（5）クエーカーの数はとりわけ日本ではごく少ない。ただし、太平洋戦争後の日本に対する占領政策、特に、天皇制の維持などの重要政策に密接に携わったアメリカ人の中に何人かのクエーカーがいたこと、あるいは、現天皇の養育係だったエリザベス・ヴァイニング夫人（一九〇二～九九）もクエーカーであったことなどを注記しておくべきだろう。

（6）Carole Dale Spencer, "Ch. 9 Quakers in Theological Context," in Stephen W. Angell & Pink Dandelion (eds.), *Oxford Handbook of Quaker Studies*, New York: Oxford University Press, 2013, p. 141.

（7）クエーカーの文書に関しては、次のホームページが参考になる。Digital Quaker Collection: http://dqc.esr.earlham.edu:8080/xmlmm/login.html

（8）ただし、新渡戸がもともと英語で述べたものの中には、彼の「神学」めいたものも見られる。それは、一言でいえば、東洋あるいは日本の伝統的宗教思想とキリスト教とを積極的に——場合によってはかなり大胆に

――関連づけて西洋に紹介しようとするものである。たとえば、一九二六年にジュネーヴ大学で行った講演「日本人のクェーカー観（A Japanese View of Quakerism）」（松下菊人訳、全集第十九巻、四〇八～四三四頁（原文英語、全集第十五巻、三三二～三五一頁））、あるいは、最晩年の一九三二年にカリフォルニア大学で行った講義録で、新渡戸の死後に出版された『日本文化の講義（*Lectures on Japan*）』（同訳、全集第十九巻、特に「第九章　日本人の宗教的な観念」一六九～一八八頁、「第十章　日本におけるキリスト教」一八九～二〇四頁（原文英語、全集第十五巻、一三六～一五一頁、一五二～一六四頁））などを参照。この点は、注19とも関連する問題であるが、今回は深く追究できなかった。また、この点に関しては、高木八尺「新渡戸稲造の宗教心を探求し、日本人によるキリスト教の受け入れの問題を考察する」日本学士院『紀要』第二十四巻第一号（一九六六年）、一三～三一頁などを参照。

（9）　一九〇九年に実業之日本社編集顧問に就任してから、雑誌に連載したものをまとめたりして、その実業之日本社から出版した『修養』（一九一一年、全集第七巻）、『世渡りの道』（一九一二年、全集第八巻）、『一日一言』（一九一五年、同）、『自警』（一九一六年、全集第七巻）あるいは、第一高等学校校長時代に主にフレンド派の集会で述べたものをまとめた『人生雑感』（一九一五年、全集第十巻）、死後に出版された『人生読本』（一九三四年、同）など。いずれも当時よく読まれ、何度も版を重ねた。

（10）　遠友夜学校とは、新渡戸夫妻が、経済的に恵まれない青少年らに教育の機会を与えようという目的で、私財を投じて札幌に設立した私設学校である。新渡戸が札幌を去った後は、宮部も積極的に運営に関わり、札幌農学校から北海道大学へと続いて多くの学生たちもボランティアとして教育活動に参加した。一九四四年に閉校したが、その活動は、「札幌のボランティア活動の原点」（http://www.city.sapporo.jp/kyoiku/youth/enyuyagakko/）ともいわれ、二〇〇五年から北大の遠友学舎で行われている「平成遠友夜学校」も、その精神を受け継ぐとされている。遠友夜学校の構想は、すでにアメリカ留学時から考えられており、一八八五年十一月十三日付けの新渡戸がボルティモアから宮部に宛てた手紙（鳥居清治訳、全集第二十二巻、二五四～二五九頁(原文英語、全集第二十三巻、四二二〜四二三頁))には、その構想が具体的に書かれている。
(11) 新渡戸は、一九三二年、前年に勃発した満州事変後悪化していた対日感情を改善しようと、一年間アメリカで講演旅行を行った。翌一九三三年、さらにカナダのバンフで行われた第五回太平洋会議に出席して、演説を行い「世界協調」を説くが、その後体調を崩し、十月にカナダのヴィクトリアに客死した。
(12) しかし、アメリカ留学の後は、まさしくこの引用に見られるような観点を捨てたものか、既存のキリスト教の「教会」という制度のあり方に否定的になったように見える。アメリカ留学中に、当地のクエーカーの機関誌『交わり(*Interchange*)』(第二巻第二号、一八八六年一月十五日)に寄せた文では、かつて自分が「鰯の頭も信心から」と書いたことを戯画化しており、「何を礼拝するのか」と問うて、「言葉では言い尽くせない「実在」」と答えており、「潔めもいらなければ、僧侶も、お布施も、ガウンもいらない。効験ある礼拝の唯一の条件は、霊と真理《まこと》において祈ることである」と書いている(「実在の礼拝と礼拝の実在性」、佐藤全弘訳、全集第二十二巻、四三〜四五頁(原文英語、全集第二十三巻、二三九〜二四一頁))。この点で、「教会」という制度のない「無教会」を主張した内村鑑三ともある意味で似ている(注15参照)。ただし、後年に至っても新渡戸は、たとえば『世渡りの道』で、「神棚や仏壇で礼拝することは、目上の人に対する礼節を守る修養法として、力あると思う」(全集第八巻、一〇九頁)、あるいは「西洋の如く基督教を信ずる国では、特に神棚を設けなくとも、家庭で礼拝する。而して良き家庭では朝夕家族一同集まって祈禱する。日本にはこの祈禱、礼拝の習慣がないから、都会の人士は兎角夫れを怠り易くなる」(同、一一〇頁)などと書いて、いわば「形式的な礼拝」の効用を説いており、内村の思想とは微妙な相違がありそうである。
(13) 新渡戸が、「栄誉栄達を求める気持ちが人一倍強かった」ことについては、草原克豪《かつひで》『新渡戸稲造 1862-1933 我、太平洋の橋とならん』藤原書店、二〇一二年、二六四頁参照。
(14) 新渡戸は、母からの手紙をつなげて巻物にして保存しており(全集第八巻にその巻物の写真がある)、毎年母の命日には、部屋にこもってそれを読み返して追慕していたという。

(15)「無教会」とは、内村鑑三が始めた独自の(プロテスタント)キリスト教の活動である。それは、「教会」という制度や、そこで行われてきた歴史的・儀礼的要素を拒否する。また、牧師のような聖職者をもたない点など、ある面でクエーカーにも近い。ただし、「無教会」は、そういったあり方の結果として、聖書の研究や講義が中心となっている(この点は、クエーカーとは異なる)。次注も参照。

(16)第一高等学校の学生グループが、新渡戸の推薦状をもって内村鑑三の「無教会」の聖書研究会に入門し、内村によって「柏会」と命名された。それには、すでに第二次世界大戦以前から、そして、とりわけ戦後に活躍する官僚や学者が多く所属しており、たとえば、東京大学総長となった矢内原忠雄もそのメンバーのひとりだった。矢内原の前の東大総長である南原《なんばら》繁も内村の弟子であり、南原が一高時代の校長は新渡戸だった。

(17)Howes (ed.), *Nitobe Inazô*, p. 65.

(18)E. Digby Baltzell, *Puritan Boston and Quaker Philadelphia*, New York: Free Press, 1979, p. 94. バルツェルの対照表で、内村、新渡戸の両者にうまく当てはまらないのは、内村の「平和主義」と、新渡戸の「専門職」をめざし「職業的リーダーシップ」を示す姿勢、といった対照である。この対照表では、前者はむしろクエーカー的であり、後者は清教徒的だとされるからである。この逆転は興味深い。次注も参照。

(19)新渡戸が、クエーカーに加わる際に、最も受け入れるのに苦慮した「信条」は彼らの「絶対平和主義(pacifism)」であったという(Howes [ed.], *Nitobe Inazô*, p. 70)。新渡戸は、必ずしも平和主義者とはいえず、本文で論じたようなクエーカーの「信条」と矛盾しているように見える。本文で取り上げた新渡戸の「友会徒の生活」や「友会徒の社会的事業」といったクエーカーについて紹介した講演では、彼らの平和主義については触れていない。また、注8で挙げた「日本人のクェーカー観」では、クエーカーの平和主義に言及しているものの、「戦争がない状態が、必ずしも平和ということにはならない」(松下菊人訳、全集第十九巻、四三三頁〔原文英語、全集第十五巻、三五〇頁〕)などと(スピノザの言葉として)述べている。国家主義化・軍国主義化していく当時の日本にあって、新渡戸が悩む姿は想像できる。この「日本」をめぐる問題、「平和主義者」とされる内村鑑三なども含めて、当時のキリスト教と国家主義や平和主義の問題は、引き続き細かく検討してみるべき問題である。

第II部　歴史の中の国際人　新渡戸稲造

第四章　二十一世紀に読む『武士道』

トレント・マクシ

はじめに

こんにちは。いま私の体内時計は、現地時間の午前一時なので、ところどころ、どもるかもしれませんが、ご容赦願いたいと思います。

ご紹介にあずかりました、アマースト大学のマクシです。私は、マサチューセッツの田舎にあるアマースト大学で日本史を教えている歴史家です。教えている授業も、研究テーマも、実に雑多で、それこそ、縄文時代から二十一世紀まで教えるかたわら、研究自体は、明治時代の思想史、そして二十世紀の日本における移動の文化史など、いろいろやっています。決して新渡戸稲造研究の権威ではありません。

しかし、同時に、私は、鹿児島で生まれ育ったせいか、内村鑑三や新渡戸稲造といった近代日本を代表するキリスト者には長く興味をもっていました。偶然にも、北海道大学の前身である札幌農学校の設立に関与した、ウィリアム・スミス・クラークの母校であるアマースト大学で教えることになり、北海道大学にも少なからず縁を感じている次第です。ですから、ここは東京ではあるのですが、こうして新渡戸稲造の有名な『武士道』という著作と向き合う機会を与えていただいた、北海道大学のみなさまに感謝いたします。

きょうのシンポジウムは、新渡戸稲造を通して、グローバル化、国際化、そして国際人について考えることをテーマとしているわけですが、ポスターなどを見ると、副題に「『武士道』と国際人」と書かれています。それが示唆しているように、新渡戸稲造という人物は、『武士道』という著作を抜きに語ることはできないみたいです。新渡戸稲造は、明治・大正・昭和にかけて、教育・農学・外交の分野で活躍した、近代日本を代表する人物でもあり、五千円札の顔でもあります。しかし、なぜこの多面的に活躍した新渡戸稲造を題材とするシンポジウムにおいて、『武士道』という副題をつけるのでしょうか。『武士道』と国際人とは、どういう関係をもつのでしょうか。また、これからのグローバル化を考える上で、私たちは『武士道』からどんなヒントを得ることができるのでしょうか。きょうは、そういう質問に答える形で、話を進めさせていただきたいと思います。

一　『武士道』と現代の国際化

『武士道』は、明治三十三年（一九〇〇）、ちょうど二十世紀の直前に *BUSHIDO The Soul of Japan* として、英語で出版されました。流暢《りゅうちょう》な、かつ文学的な英文で書かれたこの本は、数年後、日露戦争に勝利した日本に多大な興味を抱いた、英語圏の読者を引きつけ、ベストセラーとなりました。セオドア・ルーズヴェルト大統領が『武士道』を愛読して知人に薦めた逸話は有名です。つまり、新渡戸稲造の『武士道』は、二十世紀初頭、近代化しつつあった日本の成功の秘訣を、日本人が、直接、欧米人に紹介、説明する名著とされてきました。十ヶ国以上に翻訳され、少なくとも二十五万部出版されてきましたが、いまでも英語・日本語の双方で出版され続けています。岡倉天心の『茶の本（*The Book of Tea*）』などと並んで、海外向けに出版された、日本人論の草分けでもあります。

このように、実質的にバイリンガルであり、コスモポリタンである新渡戸稲造が書いた『武士道』を通して、国際化、国際交流、そしてそれを可能にする人材を考えることには意義があると思います。しかし、国際化についての教訓を『武士道』という著作から得るには、まず、その書かれた時代と現在との間に、一世紀以上の隔たりがあることを念頭に置くことが必要だと思います。

新渡戸が「武士道」という概念を使い、日本を世界に紹介、説明しようとした背景、コンテキストと、現在、二十一世紀の初頭に生きる私たちのそれとの間には、歴史的に蓄積された大きな距離があります。たとえば、『武士道』が出版された当初、「武士道」という言葉そのもののイメージ、そしてイデオロギー性は、あまり認識されていませんでした。しかし、昭和のはじめから満州事変を経て、国体明徴運動などを通して、「武士道」はイデオロギーとしてうたわれ、軍国主義と強く関連づけられました。

私たちは、そういった歴史を無視して、新渡戸の『武士道』を読むことはできません。しかし、新渡戸自身の歴史的背景と、その後、歴史的に蓄積されたものを考慮することで、私たち自身がいま抱いている国際化、国際交流、そして国際人の役割についての先入観、またそれについてもっている予備知識とでもいいましょうか、そういうものを考え直す機会を作ることができるのではないかと思います。

二　新渡戸稲造の略歴

では、はじめに新渡戸自身の略歴を簡単に振り返り、それから『武士道』の内容から、国際化、国際人について考えてみたいと思います。

文久二年（一八六二）、盛岡南部藩士、新渡戸十次郎の三男として生まれた稲造は、幕藩体制の崩壊と明治政府誕生のはざまにおける新しい世代のひとりでした。新渡戸家は、南部藩藩主に直接仕えた、格式のある家柄でしたが、幼少の新渡戸は、比較的裕福な環境で育ちました。

しかし、幼くして父親を亡くし、維新後の混乱で、境遇が一変します。廃藩置県が行われたのは、稲造が十歳の年（明治四年）ですが、その同じ年に、稲造は、東京で洋服商を営んでいた叔父、太田時敏の養子となり、明治六年（一八七三）から東京外国語学校で英語を学び始めました。新政府のもと、日本は開国され、文明開化が叫ばれる中、武家出身の若者の多くは、英語と洋学の修得を通して、将来の希望を開こうと励みました。新渡戸や、東京外国語学校で一年先輩であった内村鑑三も、その例外ではなく、官費で英語教育を受けられる札幌農学校に入学したのは、明治十年（一八七七）でした。

さて、札幌農学校は、ご存じのとおり、クラークが雇われ外国人として設立を手伝った学校でした。学生たちは、その直前まで蝦夷地と呼ばれた北海道の辺境で、洋式の制服を着て、バターやパンを主体としたアメリカ式の食事をとり、英語で授業を受けました。そんな環境も手伝って、農学校一期生たちは、クラークに導かれ、キリスト教に入信しました。新渡戸ら二期生たちも、先輩からの強い勧誘を受け、「イエスを信ずる者の契約」に署名しました。こうして新渡戸が、内村鑑三とともにメソジスト監督教会のメリマン・コルバート・ハリス宣教師から受洗し、いわゆる札幌バンドの一員になった話は、とても有名です。

ここで私が強調したいことは、新渡戸が、彼の父そして祖父とははるかに違う教育を受け、まったく違う文化を身につけたということです。そして、新渡戸を最も強く形成した教育は、英語をベースとしたものであって、決して古典的な武士の教養を身につけたのではなかったということです。

札幌農学校卒業後の新渡戸は、開拓使御用掛として北海道に勤めるわけですが、勉学の気持ちを抑えきれず、明治十六年(一八八三)に上京して、東京大学に入学します。後年、新渡戸は、その当時を、次のように振り返っています。

太平洋の橋になり度《たい》と思ひます。日本の思想を外国に伝へ、外国の思想を日本に普及する媒酌になり度のです。(『帰雁の蘆』弘道館、一九〇七年、四頁)

東京大学での新渡戸は、授業内容に不満を感じ、翌年、退学してアメリカに渡って、最初、ペンシルヴェニア州の田舎にあるアレゲニー大学に入学します。しかし、新渡戸は、そこでのラテン語やギリシャ語を基礎とする古典主義の教育に失望し、ボルティモアに設立された(一八七六年)ばかりのジョンズ・ホプキンス大学に転入しました。そこでは、社会学・経済学・政治学・歴史学を積極的に交差させる学際的な研究が行われていました。ちなみに、後に第二十八代アメリカ合衆国大統領として国際連盟の設立を主導した、ウッドロウ・ウィルソンも、新渡戸在学中にジョンズ・ホプキンス大学に籍を置いていました。

新渡戸は、世界最先端の社会科学研究に接するとともに、プロテスタント・キリスト教の一派であるクエーカーの集会に出席するようになりました。クエーカーでは、牧師を設けず、礼拝儀式をまったく行わず、ただ静かに集い、霊に動かされるままに語り、祈ることを信条としていました。そして何よりも、クエーカーは平和主義を貫くことで有名でした。クエーカーとなった新渡戸は、そこでメリー・エルキントンと出会い、ドイツ留学後、明治二十四年（一八九一）に結婚し、日本に帰国します。

英語をマスターし、ドイツで農業経済学を学び、博士として帰国した新渡戸は、明治憲法を発布し、帝国議会を開設し、不平等条約改正へと突き進む日本で活躍できるだけの教育を受けたエリートのひとりでした。彼の履歴は、そのことを十分に物語っていると思います。まず、母校である札幌農学校で教授となり、その後、台湾総督府技師、同殖産課長、京都帝国大学教授、第一高等学校校長、東京帝国大学教授、そして国際連盟事務次長として、国内外を問わず、大きく活躍しました。

近代化を進める日本において、新渡戸の教養と才能がいかに有用であったかがうかがえると同時に、彼の使命感も感じとれるかと思います。そして、そうした国外で得た知識や国外で得た教養を活用するだけの開かれた組織を当時の日本がもっていたことに、注意すべきだと思います。

三　『武士道』の世界

『武士道』という著作も、新渡戸が東京大学入学時に表明した「太平洋の橋になり度《たい》」という思いのあらわれと捉えるべきでしょう。彼は、その序文の中で、日本の道徳観念を説明するために「武士道」に行き着いたと書いています。つまり、日本をわかりやすく欧米人に説明する工夫として、「武士道」にたどり着いたわけです。

では、『武士道』は、新渡戸の「太平洋の橋になり度」という使命感をどういうふうにあらわしているのでしょうか。『武士道』の内容を少し紹介したいと思います。

新渡戸は、『武士道』を通して、英語圏の読者に日本の道徳を紹介し、キリスト教をもたずとも日本は西洋に引けをとらない道徳・倫理をもっていると主張しています。そうした新渡戸の目的意識から、二つのことが指摘できると思います。

まず、一つめは、彼が、日本とその文化を見下しやすい読者を想定していることです。当時、欧米では、日本は異教徒(heathen)の社会として、キリスト教文明と異なるだけではなく、劣っているという考え方が少なからずありましたし、新渡戸も、その人種差別的なまなざしを直接体験していたはずです。

たとえば、岩倉使節団が、明治四年(一八七一)の暮れにアメリカに向かって太平洋を渡っている途中、使節の中でひとつの議論が起こりました。すなわち、アメリカに到着すれば、行く先々で、必ずあなたの宗教は何ですか、と聞かれるだろうから、どう答えればいいのか、というものでした。神道と答えれば、偶像崇拝として見下されるし、仏教と答えれば、異教徒とみなされる。しかし、儒教といっても、宗教としては認めてもらえない。かといって、無宗教と答えれば、信頼できない無神論者とみなされてしまう、ということで悩んだそうです。結局、その使節団のメンバーがどういう答を出したのか、資料で見ることはできませんでしたが、実際には、キリスト教の禁教政策を非難され、宗教問題は、明治政府にとっては、とても頭の痛い問題でした。

新渡戸が『武士道』を書いた明治三十年代では、こうしたキリスト教文明観も、ある程度、薄まってきていました。日本は、立憲主義君主制を敷き、議会をもち、不平等条約を改正し、日清戦争に勝利し、台湾を含む植民地を手に入れ、近代国家として、欧米から少なからず認められるようになりました。そのせいか、欧米では、日本がキリスト教文明の恩恵を受けずに近代化した理由を知りたがる知識人が多くいました。それでも、日本やアジアを前近代的だと見下す姿勢自体は、なかなか消えませんでした。ですから、新渡戸は『武士道』を通して、日本を説明しただけではなく、日本を代弁、擁護しようとしたのです。

関連する二つめの指摘ですが、新渡戸は、同時にキリスト教徒と日本文化の協調性を説明しようとしています。

この二点がとても大事だと思います。とりあえず、ここで指摘したいことは、新渡戸が「武士道」を、欧米の読者に訴えかけるために、美化、理想化した道徳観念として提示していることです。ですから、十七章からなる『武士道』を通して、新渡戸は、「武士道」をヨーロッパの「騎士道（chivalry）」と同じ道徳体系として捉え、提示しています。

四　新渡戸の「武士道」論

では、新渡戸にとって、この「武士道」とは、いったい何だったのでしょうか。

まず、彼は、「武士道」を日本固有の価値観、道徳体系とみなしています。“so peculiar, so local”と、彼は書いています。とてもローカルな、ほかにはないものと強調しています。同時に、彼は「武士道」の源泉を仏教、特に禅の憐《あわ》れみ、神道の祖先崇拝、愛国心、儒教の社会倫理に求めています。しかし、仏教や儒教といったアジアの古典的な思想に由来する「武士道」は、決してアジア的ではない、とマルキ・ド・ラ・マズリエールを引用して新渡戸は主張します[1]。

> まさに個性は、優れた民族ならびに発達した文明社会の象徴である。ドイツの哲学者ニーチェが好んだ表現を使うとすれば、「アジアにおいては、その人間性を語るとすればその平原（個性なき人びと）を語らざるをえないが、日本においては、ヨーロッパと同様、その山脈（個性あふれる人びと）によって語ることができる」と言えるだろう。（山本博文訳『現代語訳 武士道』ちくま新書、二〇一〇年、第二章）

Now, individuality is the sign of superior races and of civilizations already developed. If we make use of an expression dear to Nietzsche, we might say that in Asia to speak of humanity is to speak of its plains, in Japan as in Europe, one represents it above all by its mountains. (Inazo Nitobe, *BUSHIDO The Soul of Japan*, Tokyo: Kenkyusha, 1935)

新渡戸は、「武士道」は何よりも個人の道徳であって、個性は高等な人種、文明の証である、と書いています。また、アジアでは人間を語るとき、それは平野を見ることであるが、しかし、日本そしてヨーロッパで人間を語るときは、それは山の頂を語ることである、と書いています。

このような考え方は、福沢諭吉の「脱亜入欧」を受け継ぎ、後に和辻哲郎が「風土論」で展開する日本人論に、とてもよく似ています。むろん、これは、新渡戸が日本を欧米に弁護する姿勢のあらわれでもありますが、アジア蔑視の視点であることに変わりはありません。「武士道」が教える道徳概念として、新渡戸は「義」「勇」「仁」「礼」「誠」「名誉」「忠義」などを挙げていますが、単調に美化しているだけでもありません。それぞれの欠点も指摘しています。

たとえば、「義」は、義理となり、体面を重んじ、内面の動機を軽んじる傾向を生んでしまった、と新渡戸は嘆きます。それでも、本質において「武士道」は、ヨーロッパの道徳と同等であると主張します。もうひとつ例を挙げれば、「仁義」は、封建的な武士社会を圧政から救う役割を果たし、近代日本がキリスト教国と同じように、赤十字運動を展開する要因になった、と新渡戸は指摘します。

こうして新渡戸は、「武士道」を美化、理想化しながら、欧米の読者に紹介しつつも、避けて通れない、いくつかの問題に突き当たります。一つは、身分制度です。彼は、まず「武士道」が特権階級である武士の道徳体系であり、そのほかの階級の日本人が違う道徳体系をもっていたことを認めます。たとえば、新渡戸は「武士道」が重んじる誠実さを商人の損得勘定と区別します。そして、そうした誠実さが、かえって近代的資本主義を支える要因である、と指摘します。また、「武士道」のもとでは、女性の地位は男性より低いものになりますが、新渡戸は、町民や百姓身分の家で男女はもっと平等であったことを指摘しています。こうして新渡戸は、身分によっては違う道徳体系が存在していたことを認めています。

では、どうして、「武士道」が日本全体の魂(soul)になるのでしょうか。たとえば、「武士道」の影響を取り上げる箇所で、新渡戸は「侍あっての日本」といっています。

侍がなければ、日本は存在しない。（『武士道』第十五章）
What Japan was she owed to the samurai. (Nitobe, *BUSHIDO*)

新渡戸は、イギリス人のウィリアム・マロックの『貴族政治と進化(*Aristocracy and Evolution*)』という一八九八年に出版された本を取り上げ、武士階級が日本の貴族であり、その発展の原動力となったことを説明しています。酵母のように少数でありながら、武士は日本の人々すべてを感化し、その向上を促した、と彼は力説します。

新渡戸が突き当たった二つめの問題は、日本におけるキリスト教の位置づけです。「忠義」に触れる箇所で、彼は、欧米の個人主義と、「武士道」の家、君主を優先する忠節とを比べて、日本では、国家が個人より先に来る、と説明しています。

その点を基に、新渡戸は、内村鑑三の不敬事件に端を発した、教育と宗教の衝突論争について、暗に言及しています。「教育勅語」の発布に伴う第一高等学校での式典で、教員であった内村鑑三がキリスト者としての良心の自由を理由に最敬礼を拒んだ、と仏教界、国粋主義者から糾弾された有名な事件ですが、その後、東京帝国大学の井上哲次郎が、キリスト教と、天皇をいただく国体とは相いれない、という論文を発表すると、とても大きな論争になりました。そのせいで、キリスト者たちは、キリスト教を天皇の道徳的権威の下に位置づけるプレッシャーに遭遇します。

そうした歴史を体験し、十分知っていた新渡戸は、「武士道」は個人の良心をいかなる主君にも従属させない、と『武士道』(第九章)の中で書いていますが、そこでは、明治日本の現実からかけ離れた楽観的な理想が説かれています。

このように「武士道」を欧米に紹介する上で、直面するさまざまな問題を処理しながら、新渡戸は、最後に「武士道」の現在と未来に言及します。新渡戸は、「武士道」を「無意識にあらがうことを許されない形で働く力(unconscious and irresistible power)」であると形容した上で、「「武士道」こそが日本の現代への転換を内から突き動かした精神」といいます(『武士道』第十六章)。しかし、戦うことを本分とした武士によって形づくられた「武士道」は、君主に仕える臣民から市民へ、そして世界的な人間へと発展することを通して、徐々に普遍化し、消えゆく運命にあるが、しかし、消えゆく中でも、日本の魂の奥底に生き続けるであろう、と新渡戸は締めくくっています。

こうして『武士道』の輪郭をたどってみると、新渡戸の「武士道」論は、単に欧米に訴えかけるために美化、理想化されたものではなく、これからの日本はこうあってほしい、という彼の願望のあらわれであったともとれると思います。

五　「武士道」と身分制度

さらに『武士道』を通して国際化やグローバル化を考えるためには、この内容をもう少し掘り下げて分析する必要があるかと思います。その分析する方法のヒントは、新渡戸自身が私たちに与えています。

後年、新渡戸は、『人生読本』という本の中で、自分のことを「通訳」と呼んでいます。英語で本や記事を書きながら、「それらに、何ら後世に残すような価値はない」と彼はいいます。自分の「通訳」としての使命は、単に西洋を日本語で説明し、外国人に日本を理解してもらうことであると。「自分は何も研究をせず、他人以上の見識を持ち合わせているわけではなく、単にAがいうことをBに伝え、Bから習ったことをAに伝えるだけです」と書いています（修養篇「性格は強ひて変へられるか」）。これを図示すると、図1のようになります。

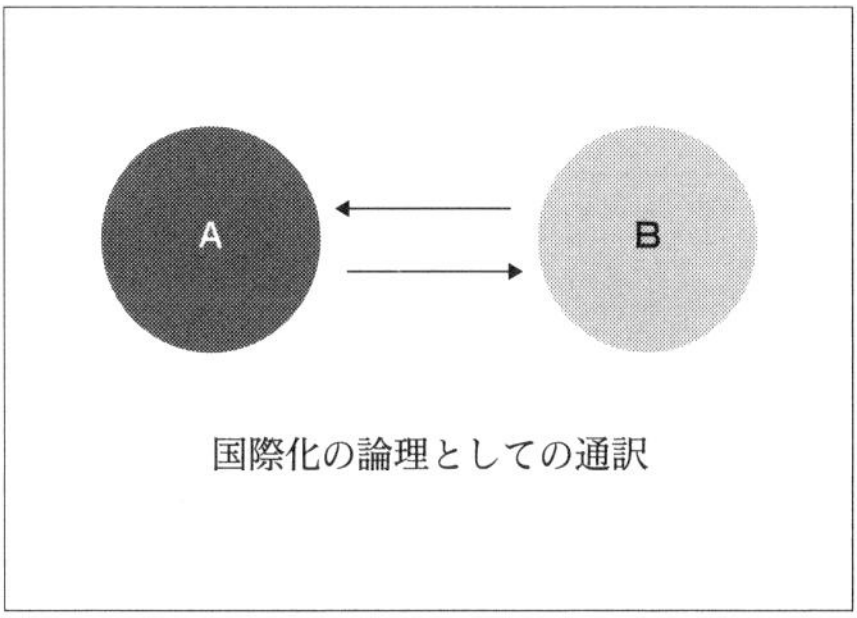

図1

新渡戸は、自分を「通訳」と捉え、「通訳」という行為を単にAからBへと情報を伝達することと説明しているわけですが、彼の『武士道』は、実際、このような形で日本を欧米に通訳しているのでしょうか。そうであれば、彼は「武士道」をありのままに描いているはずですし、意図的な注釈は含まれていないはずです。しかし、実際、そうでないことは明白だと思います。

まず、新渡戸は、武家出身として当たり前だと思っていたことを、日本人のすべてに当てはめて書いています。すでに少し触れましたが、そこでは、明治維新以降に進んだ身分制度解体の歴史が完全に抜け落ちています。

そもそも「武士道」が幕藩体制確立の時代、十七世紀初頭から現実的に形成された過程は、日本における身分制度の確立過程と同時進行でした。歴史社会学者の池上英子氏が指摘するように、「武士道」とは、戦という本来の活躍の場を失った侍を天下太平の世に対応させるための装置として作用し、侍をほかの身分と区別する役割をも担っていました(Eiko Ikegami, *The Taming of the Samurai: Honorific Individualism and the Making of Modern Japan*, Cambridge: Harvard University Press, 1995)。幕末維新にかけて、日本の政治編成が大きく変わり始めると、身分制度を前提とした幕藩体制のもとでは、侍以外の大半の日本列島の住民は、積極的に国家には参加しないと危惧され始めます。

たとえば、後期水戸学の会沢正志斎《あいざわせいしさい》などは、人心の収攬《しゅうらん》を、内憂外患を乗り越えるための一番の課題としました。つまり、個別の身分ではなく、日本列島の住民全員が一律に天皇の臣民である自覚をもつことが必要である、と考え始められるわけです。ですから、維新後、まもなく徴兵制度、公教育が導入され、それとともに身分制度の解体が宣言され、身分ごとに分かれていた日本の政治社会制度を、国民を前提としたものに改変する作業が始められます。

この歴史は、たとえば、牧原憲夫氏が『客分と国民のあいだ――近代民衆の政治意識』(吉川弘文館、一九九八年)で取り上げていますが、肝心なことは、その国民を作り出す作業が難しかったことです。明治初期の政府関係者、知識人の書いたものを読むと、多くは、国民の不在を嘆いています。たとえば、福沢諭吉は『文明論之概略』の中で「日本には政府ありて、国民(ネーション)なし」(松沢弘陽校注『文明論之概略』岩波書店、一九九五年、二二〇～二二一頁)と書いているのが、とてもいい例です。それを体現するかのように、徴兵制度に対する農民の反応は、すこぶる悪く、暴動が多く起こりました。その裏には、命を冒して戦争するのは侍の本分であり、百姓は本業である農業に従事することが本分である、という意識がありました。西南戦争もまた、身分制度解体にあらがう内戦としての側面をもっていましたので、新渡戸が単純にいうように、「武士道」が日本そのものを無意識のうちに形づくったとは、到底いえません。

明治国家が国民を創出する装置として、最も重要としたのは、軍隊でした。徴兵されたさまざまな地方出身者は、軍隊に入ってはじめて標準語に接し、同じ味付けの料理を食べ、同じ軍服を着たのです。英語で軍服をユニホーム(uniform)といいますが、それは、均一なもの、同一なもの、という意味をもっています。つまり、国民を作り出すのは、多様な人口を均一化する作業であり、軍隊ほど、これを効率よく行う装置はありませんでした。だからといって、スムーズに事が進んだわけでもありません。

軍人の政治介入や反乱事件を重く見た明治政府は、明治十五年(一八八二)に「陸海軍軍人に賜りたる勅諭」、いわゆる「軍人勅諭」を発します。そこで、はじめて新渡戸がいうところの「武士道」が、近代陸海軍軍人の本分として、提示されています。「忠節」に始まり、「礼儀」「武勇」「信義」「質素」と続く道徳概念は、新渡戸のそれと大変よく似ています。

「武士道」が国民創出のために国家的に規定されたのは、軍隊だけではありませんでした。民法、戸籍制度を通して、明治国家は、武家の家制度を国民一般の規範としました。しかし、上野千鶴子氏が指摘するように、武家以外の家の道徳は、簡単には消えませんでした(Chizuko Ueno, "Modern Patriarchy and the Formation of the Japanese Nation State," in Donald Denoon *et al.* [eds.], *Multicultural Japan: Paleolithic to Postmodern*, Cambridge: Cambridge University Press, 1996, pp. 213-223、上野千鶴子『近代家族の成立と終焉』岩波書店、一九九四年、「II近代と女性　1「家」の発明」)。たとえば、親への恩にこたえる「忠孝」という価値観も、戦争に行って死ぬことは、家業を滅ぼす親不孝となるという考え方をも生むことになりました。そうした意識は、日露戦争中にもまだ残り、与謝野晶子の有名な詩

「君死にたまふことなかれ」に次のように描かれています。

堺《さかひ》の街のあきびとの
舊家《きうか》をほこるあるじにて
親の名を繼ぐ君なれば、
君死にたもふことなかれ、
旅順の城はほろぶとも、
ほろびずとても、何事ぞ、
君は知らじな、あきびとの
家のおきてに無かりけり。

（『戀衣』本郷書院、一九〇五年）

ここには、明治国家が奨励した「武士道」と商家の道徳概念との隔たりが、はっきりと見えます。新渡戸の『武士道』は、こうした明治国家が主導した身分制度の解体と、国民国家形成のイデオロギーとしての「武士道」を、完全に隠蔽する形をとっています。彼は、あたかも「武士道」が自然と空気のごとく、日本人の意識に浸透しているように描いていますが、実際には「軍人勅諭」や「教育勅語」、徴兵制度や対外戦争を通して、日本人とはこうあるべきだ、と定義されていました。

このプロセスを、明治の終わりに見抜いている人がいます。長く東京帝国大学で教えていたイギリス人、バジル・チェンバレンです。彼は、『新しい宗教の創出（*The Invention of a New Religion*）』という一冊の小冊子を書いていますが、その中でこう書いています。

天皇崇拝や日本崇拝——日本の新しい宗教はまさにそうなのだが——、それは、もちろん、自動的に生じた現象ではない。いかなる製品も、材料からできているのであり、いかなる現在も、過去に拠って立っているのである。しかし、忠君愛国の二十世紀の日本の宗教は、まったく新しいものである。そこでは、昔からあるいろいろな思想が、篩《ふるい》にかけられ、変換され、新たに調合されて、新たな利用に供されており、新たな重心が据えられている。（編者訳）

Mikado-worship and Japan-worship — for that is the new Japanese religion — is, of course, no spontaneously generated phenomenon. Every manufacture presupposes a material out of which it is made, every present a past on which it rests. But the twentieth-century Japanese religion of loyalty and patriotism is quite new, for in it pre-existing ideas have been sifted, altered, freshly compounded, turned to new uses, and have found a new centre of gravity. (Basil Hall Chamberlain, *The Invention of a New Religion*, London: Watts & Co., 1912. The Project Gutenberg EBook, 2008, pp. 6–7)

つまり、天皇崇拝と日本崇拝は、新しく作り出されたものであり、それは、以前からあるものを選び、組み合わせる形で新しい愛国心が作り出されたというのです。

チェンバレンは「武士道」にも言及しています。彼は、エンゲルベルト・ケンプファーやフィリップ・フォン・シーボルト、アーネスト・サトウやヨハネス・ラインら、日本に長く滞在した外国人が一度も「武士道」に言及したことがないと指摘しています。そして、彼は、最後の方で、こういっています。

そのために与えられた説明は、まっさらな生地をまるごと使って拵《こしら》えられているのだが、それは主として外国で買ってもらうためである。（編者訳）

The accounts given of it have been fabricated out of whole cloth, chiefly for foreign consumption. (*Ibid*., p. 16)

チェンバレンは、必要以上に、このことを強調しているかと思いますが、新渡戸は、『武士道』（第九章）において「日本では個人の前に国家がある」と書きながら、国家の存在を無視する形で「武士道」を論じています。これは、もちろん、新渡戸が無知であったからではありません。彼の「武士道」論は、キリスト教抜きには理解できませんし、そこに新渡戸の国家の取り扱い方の理由があります。

六　「武士道」とキリスト教

新渡戸は、キリスト教と日本の精神文化が矛盾しないことを証明する形で「武士道」を論じています。実際、明治のなかばから「武士道」とキリスト教を結びつける言説が日本のキリスト者の間で、よく見受けられるようになります。たとえば、植村正久が明治三十一年（一八九八）の『福音新報』に「キリスト教の武士道」という題でエッセーを書いています。その論説では、札幌バンド・熊本バンド・横浜バンドといった、明治初期にキリスト教に入信したほとんどの人が武家の出身者であり、「武士道を介してキリスト者になった」と自分の入信の動機を説明しています。

ある研究者は、次のような指摘をしています。すなわち、「武士道」を入信の動機としてキリスト者が語り出す時期は、明治の後半からですが、明治二十年代から、日本回帰が欧化主義に取って代わり、「教育勅語」などを通して、国民道徳や国体という、ナショナリストのイデオロギーが「日本とキリスト教が相いれない」と主張し始めた頃になって、キリスト者たちは「武士道」を頻繁に語るようになったという指摘です。すなわち、国民国家が形成されつつある過程で、日本人としての身の証を立てる手段として、彼らは「武士道」を使ったと考えられます。国体や神社神道と結びつく天皇崇拝は、キリスト教と矛盾することが多くある中、「武士道」は、比較的宗教色も薄く、日本固有の道徳体系として主張できる強みがあったわけです。実際、新渡戸の「武士道」論には「国体」や「天皇」という言葉が一度も出てきません。日本という国民国家に貢献できるキリスト教を提示するためには、「武士道」というカテゴリーが最も便利だったわけです。

要約しますと、新渡戸は、『武士道』を通して、平和的・進歩的で、キリスト教と対応可能な形で、理想化された日本文化を欧米に発信しています。その過程で、明治以降の日本に存在した多種多様な経験・思想・態度を隠蔽しています。日本文化の多様性そのものを、彼は消し去っています。そのことを単に恣意的とか無知と非難するのは、間違いだと思います。私は、ここで二つのことを指摘したいと思います。

一つめは、新渡戸自身が描いていた「通訳」の論理は、「通訳」対象を本質化、均一化する傾向をもつということです。その論理のもとでは、『武士道』という著作も含めた、新渡戸の国際的な活動は、国民国家の形成と切っても切れない関係にあると指摘したいのです。対外的に日本を表象する行為は、日本内部を均一化し、政治的・イデオロギー的プロセスを自然や文化と置き換える行為を前提としています。

二つめは、新渡戸の「武士道」論は、実は、日本内部の政治的・イデオロギー的な言説に無関心ではないということです。彼は、国際的に日本を説明、擁護すると同時に、日本国内部の自己定義に一定の方向、形を与えようとしていたのです。こうあってほしいから、こういう形で『武士道』を書いたというわけです。

七　歴史の中の「武士道」

新渡戸稲造の「武士道」論は、日本の近代国民国家形成の歴史を反映しているといえますが、では、新渡戸の欧米観は、どのような歴史を反映しているのでしょうか。

新渡戸の「武士道」論は、日本固有の道徳体系としての「武士道」と、ヨーロッパの道徳体系としての「騎士道(chivalry)」を並列的に取り扱っています。つまり、並べてみたら似てますよね、という語り方をしています。新渡戸の「武士道」は、日本固有のものであって、「騎士道」は、あくまでヨーロッパ固有のものです。しかし、実際には、新渡戸の「武士道」理解は、十九世紀のヨーロッパにおける「騎士道」の再発見を色濃く反映しています。

産業革命が十八世紀後半から進み、イギリスでは、農業主体の経済が産業中心の経済となり、人口が都市へ流入しています。ロンドンを含め都市部では、犯罪や貧困が問題となり、社会道徳の欠如が認識されます。同時に、大きく植民地帝国として発展したイギリス国内では、文化的なアイデンティティーの喪失を危ぶむ声が、十九世紀のはじめから聞こえるようになります。そこで、古きよき時代としての中世が再発見されます。そして、「騎士道」が道徳として、また文化的アイデンティティーとして、喧伝《けんでん》されるようになります。

たとえば、一八二〇年に出版され、とても有名な小説となった『アイヴァンホー(*Ivanhoe*)』の中で、「騎士道(chivalry)」は虐げられた者を助け、自由を守る精神として表明されています。

騎士道！　なんと、娘よ、それこそ純血で高貴な愛情を育むものだ――圧政に苦しむものの支え、義憤を晴らすもの、暴君の権力の抑制なのだ――。高潔も、騎士道がなければ虚ろな名目

にすぎず、自由はその槍と剣によって最もよく守られるのだ。（編者訳）

Chivalry! — why, maiden, she is the nurse of pure and high affection — the stay of the oppressed, the redresser of grievances, the curb of the power of the tyrant —. Nobility were but an empty name without her, and liberty finds the best protection in her lance and her sword. (Walter Scott, *Ivanhoe*, 1820)

そして当時「騎士道」について書いたケネルム・ディグビーもまた、こう書いています。(2)

騎士道とは、人をして英雄的行為へと駆り立て、知的かつ道徳的な世界の美しく精妙なるものすべてに向かわせるための一般的精神、つまり精神のあり方を指す呼び名である。（編者訳）

Chivalry is only a name for that general spirit or state of mind which disposes men to heroic actions, and keeps them conversant with all that is beautiful and sublime in the intellectual and moral world. (Kenelm Henry Digby, *The Broad Stone of Honour, or Rules for the Gentlemen of England*, 1822)

もうひとつ挙げますと、ここでいう「騎士道」は、男性を英雄的な行動にかきたて、すべての美しいもの、すべての有限なものの道徳的な世界にいざなうものであると喧伝されています。そしてこれは、イギリスの紳士思想の土台になるわけです。ここでは、産業革命によって機械化されつつあった社会にあらがうことができる英雄、紳士の行動様式として「騎士道」がうたわれています。そこには、工業化によって、その伝統的な経済的優位を失いつつあった、貴族階級の自己弁護、正当化の論理も働いています。

つまり、いまの大英帝国があるのは、貴族階級の道徳規範としての「騎士道」のおかげだという主張がされるわけです。つまり、近代化の波によって、伝統的なものが失われつつあると感じられた中で、「騎士道」は、はじめてその近代的な定義を得たのです。ロマンチシズムとも関連する、こうした「騎士道」観を、新渡戸は、トマス・カーライルの著作などから学んでいたはずですし、彼の描く「武士道」は、この「騎士道」論に実によく似ています。確かに「武士道」と「騎士道」との間には、類似する点が多数ありますが、それは、新渡戸が想像していた理由によるのではありませんでした。

要するに、新渡戸の「武士道」論が十九世紀の「騎士道」論の影響を受けていただけではなく、双方の言説がほぼ同じ歴史的条件に対応する対処法として作られているということです。そもそも新渡戸の『武士道』が欧米でベストセラーになった背景には、こうした近代化への弊害に対処するための「騎士道」精神の復古に同調したからです。「騎士道」に興味があるから「武士道」に興味があるという読者層があったわけです。

こうしてみますと、新渡戸が考えていたAからBへの「通訳」は、実際は、AとBの相互連関、交差の上に成り立っていると思います。つまり、『武士道』という著作が前提とする国際化の論理、

AからBはフィクションであって、実際には、AとBの相互連関、交差が読み取れるわけです。

新渡戸は、図2のようなすみ分けの論理で国際化を語っているわけですが、それを実際に図示すると、図3のようになります。

さらに「通訳」する人は、Aに立ってBに語るのではなく、そしてBに立ってAに語るのではなくて、AとBの両方に立つわけです。それを含めて、図示すると、図4のようになります。

これこそが、本当の国際化であると『武士道』は示していると思います。

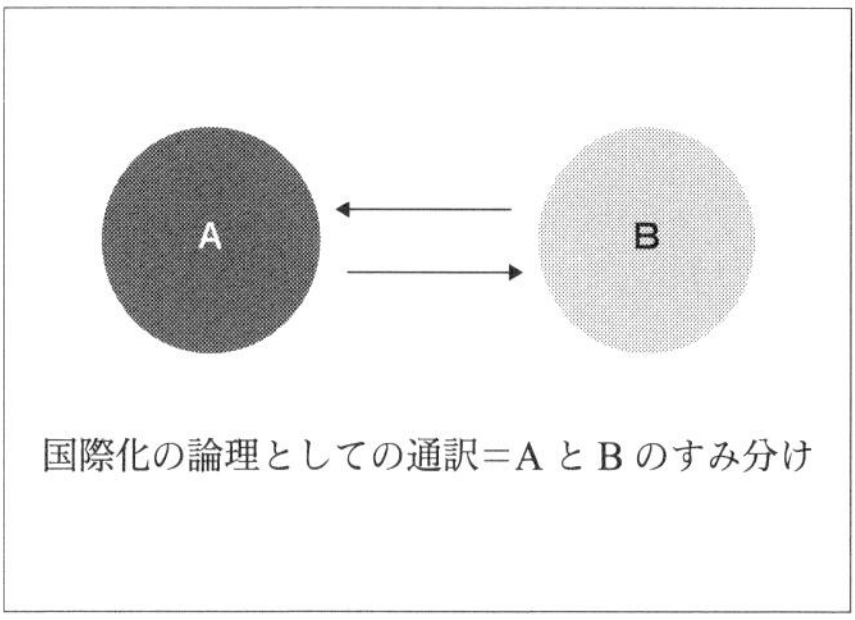

図2

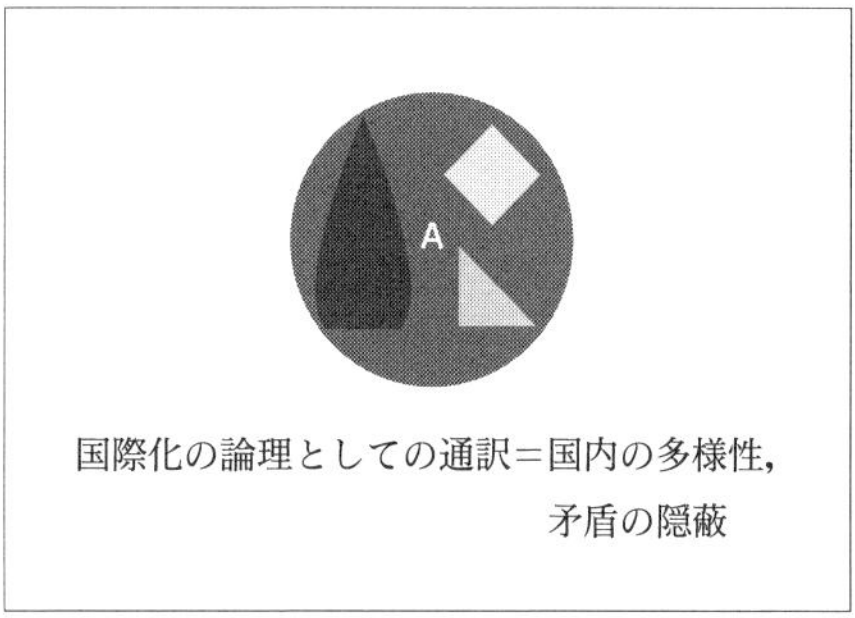

図3

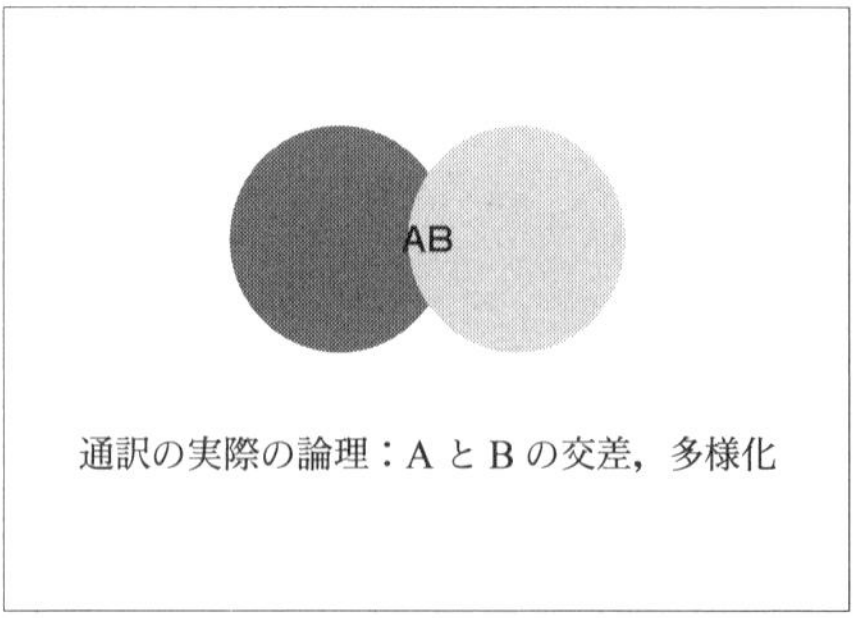

図4

おわりに

冒頭において、新渡戸稲造が『武士道』を書いた背景、コンテキストが、われわれのそれとはかけ離れていると申し上げました。新渡戸の「武士道」論は、世界を移動する人も情報も、その量がいまと比べれば、極端に限られた時代を反映しています。日本、日本人をあまり知る機会のない欧米の読者には、新渡戸の『武士道』は、ネイティブ・インフォーマント(native informant)が書いた真実としての重みがあったに違いありません。その重みをもって主張される国際化は、国の際《きわ》、国と国の間を明瞭にして認知してもらう、すみ分けの国際化であった、と私は思います。国民国家を均一(uniform)なものとして認めてもらうための国際化であったわけです。そうした国際化の論理は、一方では、国内の多様性、亀裂を覆い隠す作用をもちますし、他方では、国外で共有されているグローバルな相互連関を見逃す、または無視することにつながります。

二十一世紀初頭のいま、経済的なグローバル化に牽引される形で、人・情報ともに膨大な量が世界中を移動していますが、もはや、国民国家という歴史的な虚構を基に確定できる国際化、すみ分けの論理としての国際化は、維持できないところに差しかかりつつあるかもしれません。すみ分けの国際化ではなく、われわれの相互連関、交差を前提とした共住する国際化、グローバル化を認識し、求めなければならないと思います。

私は、別に新渡戸稲造の業績を批判するつもりはありません。しかし、二十一世紀からのグローバル化を考える場合、われわれは、『武士道』を反面教師として捉え、国際化、国際人を考えるべきだと思います。ご清聴ありがとうございました。

（1）以下、原文が英語の引用文については、トレント・マクシ氏の講演を尊重しながら、読者の便を図り、次のとおり、日本語と英語とを併記します。講演において、同氏の日本語訳が示された場合は、その原文である英語を後記し、原文である英語だけが示された場合は、編者訳あるいは一般的な日本語訳を前記してあります。

（2）一八二二年に刊行されたディグビーの著作『名誉の広い石、あるいはイギリス紳士のしきたり』は、中世ヨーロッパを題材とした研究書です。一八二〇年に刊行されたウォルター・スコット卿の小説『アイヴァンホー』と並び、「騎士道」を美化する形で再発見し、イギリス紳士が身につけるべき道徳として描いた作品として有名です。

（附記）本稿は、平成二十六年三月二十一日、東京丸の内の「ステーションコンファレンス東京」で開催された北海道大学大学院文学研究科・文学部主催の国際シンポジウム「新渡戸稲造とこれからのグローバル化――『武士道』と国際人」の第一部において、トレント・マクシ氏が行った講演「二十一世紀に読む『武士道』」の録音記録に基づきながら、編者が文章化したものです。

第五章　新渡戸稲造と札幌農学校の国際人

ミシェル・ラフェイ

はじめに

　子どもの頃を思い出してみてほしい。はじめて「外国」があるということに、いつどのようにして気がついたのか。家の外に近所やスーパーといった「世界」があることには、比較的早い時期に気がついただろう。家族旅行などをしたときに、自分の町の外に別の町がある、あるいはアメリカ人なら別の州があることにも気づいたかもしれない。では、自分の国の外にほかの国があることには、どのようにして気がついたのだろうか。そのきっかけを思い出してみてほしい。

　私自身についていえば、何歳の頃かは忘れてしまったが、はじめてほかの国の存在に気づいたきっかけを覚えている。それは、ときどき私の家に遊びにきていた宣教師のおみやげである。その宣教師は、インドで四十年にわたる宣教活動をしていた。家に来るとインドの話をしてくれたのだが、残念ながらいまではその話の内容までは思い出せない。しかし、小さな人形やおもちゃなど、その宣教師が来るたびに必ずもってきてくれたインドのおみやげは、子ども心に鮮烈な印象を残したのであり、いまでもよく覚えている。当時幼かった私はインドに関する知識はほぼ皆無で、インドがどこにあるかということすら知らなかった。いまにして思えば、この体験が私にとってはじめての国際体験であった。私はいまだにインドには行ったことがないが、インドの布や音楽、映画などには興味がある。ひょっとすると、そもそも外国や外国の文化一般に興味をもっているのも、この宣教師のおかげなのかもしれない。

その後、私は、アイダホ州の小さな博物館で、もうひとつの印象的な国際体験をした。私の出身地であるアメリカのアイダホ州は、一八九〇年にアメリカで四十三番目の州となり、パイオニア精神による開拓が進められた州でもある（いま私が生活している北海道は、歴史的にも気候的にもアイダホにとても似ていると思う）。私が通っていた小学校では、遠足で毎年アイダホ州立歴史博物館に行ったのだが、私が行った最初の遠足で、不思議に感じたことがあった。この博物館では、中国の展示品にかなりのスペースを割いていたのである。ある展示では、シー・ケー・アー・フォン（一八四五〜一九二七）の経営した薬屋が再現されており、ところどころであらわれる鮮やかな赤い色や、漢字で書かれたラベル、漢方薬の棚などに、幼い私は不思議と興味を引かれたのであった。

アー・フォンは移民としてアイダホ・テリトリーにやってきた人物である。一八六〇年から約三十年の間、アイダホ・テリトリーではゴールドラッシュがあった。アイダホ・テリトリーのあらゆるところにブームタウンができ、約三十年間で人口が爆発的に増えた。(1)その当時、多くの移民、特に中国人がやってきて、金と銀の採掘のほか、薬屋や洗濯屋などを営みながら生活をしており、アー・フォンもそのひとりであった。彼は中国の広東からの移民で、サンフランシスコに移住していた家族の薬屋で働いた後、ブームタウンには医者が必要であろうと推測し、当初はロッキー・バーという町で薬屋を開業し、十六年ほど経営していた。しかし、一八九二年に薬屋が火事に見舞われたため、ボイシ市に移動して薬屋を開業し、その後ボイシ市で敬愛される人物になっていったようである。小学生の私はこうしたことを何ひとつ知らなかったが、それでも博物館で中国の生活や文化を垣間見たことは、印象深い国際体験となった。

一　「積極的国際化」と「消極的国際化」

現在、私は国際関係の仕事に携わっている立場の人間として、「国際化」や「グローバル化」という言葉を口にする回数は決して少なくはなく、それについて考える時間も必然的に多くなっている。そうすると、ときおり耳にする「(国際化やグローバル化という問題について)私には関係ない」という言葉が非常に気になってくる。日本だけではなく、アメリカのニュースを見たりアメリカ人と話したりするときにも、このような発想に出くわすことがある。しかし、私が思うところでは「関係ない」人はもういない。現代の生活において国際化が関わらないような場所は、ほとんどないと思うのだ。にもかかわらず、なぜ「関係ない」という発想が生まれてくるのだろうか。ひとつの原因として、世界中の国々がいかに密接な関係をもっているか、その現実にまだ気づいていないということが考えられるのではないか。要するに、国際化が目に見える形よりも意識していない形で密かに起こっているためではないかと思う。

本章の狙いは、このような「意識していない国際化」を検討することにある。周知のとおり、英語で「国際」を意味するインターナショナルという単語は、「あいだ」という意味をもつ接頭辞の「インター」に「ネーション」を組み合わせてできている単語である。[2] 噛《か》み砕いていうならば、国と国が、経済・教育・政治・文化などの側面で、お互いの法律や規則に定められた方法で交流することをインターナショナルと形容できるであろうし、国際化とはそのプロセスを指す言葉だと一般的には理解されるだろう。本章では「意識していない国際化」に焦点を当てるため、国際化をさらに二つの類型に分け、「積極的国際化」と「消極的国際化」という概念を用いて考えてみたい。

ここでいう「積極的国際化」とは、意図的・意識的に、ある目的をもってほかの国のことを知ろうとする、または自分の国を知ってもらう(伝える)ことを指す。たとえば、外国語を勉強する、外国人と話す、ほかの国の人々を理解しようと意識的に取り組むということが「積極的国際化」に含まれる。ほかにも、他国の人に対して自分の国や文化を理解してもらう努力、たとえばインターネットやほかのメディアを通して情報を広めることや、人に直接教えたり、話したりすることも該当する。さらに、言語によるやりとりに限らず、映像・音楽・美術・物などの媒体によっても「積極的国際化」が起こりうる。いうまでもなく、それはもちろん時代を超えて影響を及ぼすこともある。

このような「積極的国際化」に対して、本章で中心的に論じることになるのが「消極的国際化」である。これは簡単にいうと、「国際化」であることを認識しないまま、目的意識をもたずに、ほかの国のことを知ったり考えたりしたりするようになることである。前述のインドの話でいえば、私は当時インドに関する情報を求めることも勉強しようという気持ちもなく、ましてインドの存在自体も知らなかったが、宣教師のおみやげや話によってインドに触れることができた。いうまでもなく、宣教師の行動は「積極的国際化」であったわけだが、私自身は「消極的」にインドのことを知ることができた。私がそのような体験をもともと望んでいたわけではないが、その体験のおかげで私の世界は広がったのである。

しかし、この二つの概念については、ここで内容を細かく規定していくよりも、いくつかの具体的な例を検討することで、より充実したイメージを与えることができるはずである。以下の節では、新渡戸稲造と新渡戸メリー（一八五七〜一九三八）、内村鑑三（一八六一〜一九三〇）、そして札幌農学校のウィリアム・ペン・ブルックス（一八五一〜一九三八）の例を挙げる。これらの、一見すると無関係に思われるような事例にも、さらに深く検討することで「積極的国際化」と「消極的国際化」というそれぞれの概念を形づくる基礎があることが明らかになるだろう。

二　『武士道』と『代表的日本人』による「積極的国際化」

新渡戸と内村は、外国人に向かって日本のことを積極的に説明し、日本に対する理解を促したという点で、「積極的国際化」の好例であることに異を唱える人は少ないだろう。内村は、ジャーナリスト時代に『万朝報《よろず》』のほか『東京独立雑誌』などのために英語で記事を執筆し、さまざまな話題について日本人の考え方と自分の意見を発信した。新渡戸は、著作の数では内村に及ばないものの、世界中にインパクトを与えた『武士道』を出版している。

新渡戸の『武士道』の序文では、有名なエピソードが紹介されている。新渡戸とベルギーの法学者エミール・ド・ラヴレー（一八二二〜九二）との会話の中で、日本では宗教教育がないということに驚いたド・ラヴレーが、どのように道徳を教えるのかと尋ねたが、新渡戸にはその場で答えることができなかった。その後、約十年間、新渡戸が悩み考えた成果が『武士道』という著作に結実した。新渡戸にとって『武士道』の執筆は、自分と自分の国を深く見つめ直す機会になったはずである。その結果として完成した『武士道』は、新渡戸が世界に見せたいと思う日本文化であったといえる。

内村の英文著作『代表的日本人（*Representative Men of Japan*）』も、『武士道』と並ぶ「積極的国際化」の例として挙げられるだろう。『代表的日本人』は、西郷隆盛・上杉鷹山《ようざん》・二宮尊徳・中江藤《とう》樹《じゅ》・日蓮の五人を取り上げ、彼らの人生と活動について紹介した著作だが、この本は各国で翻訳され、外国でもよく読まれた。内村は、新渡戸が『武士道』を執筆したのと同じような動機で、外国人読者のために『代表的日本人』を書き、上記五人の人生を意識的に選別して、日本に関するある特定の特徴を読者に伝えようとしたのである。

ここで気がつくのは『武士道』と『代表的日本人』の内容それ自体というよりも、書かれた動機とコンテキストに見られる類似点である。この二冊は、一方は日本の道徳的な源泉について、他方は日本の偉人の人生について書かれているという違いはあるが、日本人の道徳と価値観が、欧米、特にキリスト教の道徳と価値観に等しいものであると主張する点においては同じであった。草原克《かつ》豪《ひで》氏は、当時の日本に対する西洋人の認識と新渡戸の『武士道』執筆の関係を次のように説明している。

当時の西洋列強にとって文明とはキリスト教世界そのものであった。そのためキリスト教ではない日本は一段低い水準の未開国としか見なされず、それが日本人に対する偏見や差別感となって表れていた。そうした状況を自分の目で見てきた新渡戸は、日本はキリスト教国ではないけれども、長い歴史文化の中で培われた西洋にも負けない立派な倫理道徳観があるということを示すために、この本を書いたのである。（『新渡戸稲造 1862-1933　我、太平洋の橋とならん』藤原書店、二〇一二年、一七六頁）

新渡戸にせよ内村にせよ、日本が世界での位置づけを確認しようとしていた時期に、『武士道』や『代表的日本人』のような文章をあえて英語で執筆することによって、日本がほかの欧米国と等しい役割を果たせることを示そうとしたと思われる。

「積極的国際化」の観点からすれば、彼らの本がよく読まれたことにより、その目的は達せられたといえるだろう。アメリカでは、第二十六代大統領セオドア・ルーズヴェルト（一八五八～一九一九）が『武士道』を友人から贈られて読んでおり、『武士道』増訂第十版の序では、新渡戸自身がこの事実に言及している。もっともルーズヴェルト自身は、『武士道』に対しては相反する態度を示していたことに注意しておく必要がある。ルーズヴェルトは、『武士道』を読んで印象的であったと手紙に書いた[3]。しかし他方でルーズヴェルトは、ウィリアム・ビゲロー（一八五〇～一九二六）宛の手紙で、『武士道』で描かれた侍の思想に関して、鋭い口調で疑いを明らかにしてもいるのである。

> さて、このようなものが実際に日本で勉強され、本来の日本思想をあらわしているといえるのか、むしろ輸出のための日本思想ではないのか。日本の敵はそう断言している。(Christopher Benfey, *The Great Wave: Gilded Age Misfits, Japanese Eccentrics, and the Opening of Old Japan*, New York: Random House Trade Paperbacks, 2003, p. 246、私訳)

『武士道』に対する当時の反響は多様であったただろうが、ルーズヴェルトの場合は、さらなる

「積極的国際化」につながったといえる。新渡戸によって発信されたメッセージがアメリカ人のルーズヴェルトに伝わり、そこでルーズヴェルトは日本のことを意識的に深く知ろうとしたのである。ロシアと日本との外交においては、その知識が大いに活用されたはずである。

三　フォークと箸

次に、「積極的国際化」と「消極的国際化」の両方が含まれている例を考えてみよう。いまでは、どんな日本人の台所にもフォークがあるだろうし、パスタ用の大きいフォークやケーキ用の小さいフォークなどを揃えている家庭も多いだろう。しかし、フォークを使って食べているときに、これが国際化だと認識する人はあまりいないだろうし、むしろ皆無といってもいいのではないかと思う。しかし、百五十年前の日本においては、状況がまったく異なっていた。

『幼き日の思い出』の第二章では、当時四歳だった新渡戸が、家にあった外国の品々を不思議に思っていたことが書かれている。新渡戸の家にはマッチやオルゴール、ナイフ、フォーク、鉛筆などがあったが、新渡戸自身はこれらのものを西洋文明の前ぶれだと述べている。私がインドの人形とおもちゃを通してほかの国の存在を知ったように、新渡戸もフォークをはじめとする外国のものに魅力を感じ、それらを通じて、はじめてほかの国の存在を知ったのである。

一八九一年、新渡戸はアメリカ人のメリー・エルキントンと結婚する。十四年後の一九〇五年に、

写真1　新渡戸とメリー

新渡戸夫妻は長姉である峯（一八四五〜一九一六）の孫・琴子（一八九〇〜一九八五）と同居する。琴子は当時、十五歳であった。

　新渡戸はメリーのアメリカ式生活スタイルを尊重し、その生活スタイルができるだけ保たれるように努力した。新渡戸家にはしばしば外国人ゲストが招かれ、食事会が開かれた。新渡戸家では、食事会で出される食事はもちろんのこと、普段の食事も洋食であった。新渡戸家が転居してまもなく養女に迎えられた琴子は、新渡戸から、この家では普段の食事は洋食で、食べるときには「欧米の器具」（ナイフとフォーク）を使うので、欧米のお客さんに笑われないようにそれらの器具の正しい使い方を覚えておくといいよといわれたことを、後に思い出として語っている。新渡戸は琴子にフォークの使い方を覚えるように勧めていたはずであるが、琴子は自分から意識的にフォークの使い方を覚えようとしていなかったのであろう。だからこそ、新渡戸にいわれた言葉が大人になっても記憶に残っていたに違いない。

　アメリカで使われる箸も、ここで同じような例として挙げることができるだろう。アメリカで箸が使える人の数は、おそらくここ数世代にわたって増え続けているのではないだろうか。個人的な

郵便はがき

料金受取人払郵便

札幌中央局
承認

845

差出有効期間
H28年7月31日
まで

060-8788

札幌市北区北九条西八丁目
北海道大学構内

北海道大学出版会 行

ご氏名（ふりがな）		年齢 歳	男・女
ご住所	〒		
ご職業	①会社員 ②公務員 ③教職員 ④農林漁業 ⑤自営業 ⑥自由業 ⑦学生 ⑧主婦 ⑨無職 ⑩学校・団体・図書館施設 ⑪その他（　　　）		
お買上書店名	市・町　　書店		
ご購読新聞・雑誌名			

書　名

本書についてのご感想・ご意見

今後の企画についてのご意見

ご購入の動機

1書店でみて　　2新刊案内をみて　　3友人知人の紹介
4書評を読んで　　5新聞広告をみて　　6DMをみて
7ホームページをみて　　8その他（　　　　　　）

値段・装幀について

A　値　段（安　い　　普　通　　高　い）
B　装　幀（良　い　　普　通　　良くない）

例であるが、私の祖父や祖母は箸が使えなかった。使う機会自体が少なかったせいもあるが、たとえ中華料理を食べることがあってもフォークを使っていた。私が子どもの頃（四十年前）には和食がまだ流行していなかったので、箸で食べるものといえば中華料理であり、私も家族で外食する際など試したりしていた。日本滞在の経験もあった私の父と母は、外食の際には箸を使うこともあり、二人とも多少は使うことができたが、それほど上手とはいえない。しかし私の世代になると、箸を上手に使える人が多くなっている印象がある。近年は特に中華料理や和食が流行しているため、箸を使う機会も増えてきている。これらは私が個人的に体験した例なので、アメリカ人すべてには当てはまらないかもしれないが、アメリカでも寿司を箸で食べることが、日本でフォークを使ってケーキを食べるのと同じような感覚になっているのではないだろうか。

四　ブルックスと大豆

食事用の器具に続いて、食べ物の例を見ていきたい。日本の食卓に欠かせない原料といえば、大豆が思いつくだろう。しかし、日本で消費されている大豆の多くは、アメリカから輸入されたものである。二〇一三年には、アメリカから一六六万トンの大豆を輸入している。(4)

大豆はもともとアメリカ大陸では栽培されておらず、十八世紀の後半から十九世紀の前半にかけて複数の経路からアメリカ大陸に入ってきたことが知られている。当時、ロンドンでは醬油が流行

写真2　W. P. ブルックス

しており、一七六五年にはイギリス東インド会社の船員サミュエル・ボーエン（?〜一七七七）が中国からアメリカ大陸に大豆を持ち込んだ。また、ベンジャミン・フランクリン（一七〇六〜九〇）は、一七七〇年にロンドンを訪れた際にはじめて豆腐と出合い、同じ年にフィラデルフィアにいる植物学者の友人への手紙で豆腐を紹介し、大豆の種を送っている。(5)

大豆をアメリカ大陸に持ち込んだもうひとりの人物として、ここで取り上げたいのは、札幌農学校のブルックスである。ブルックスは、一八七七年から一八八八年まで札幌農学校の教員・教頭を務め、一九〇五から一九〇六年までマサチューセッツ農科大学の学長となった人物である。マサチューセッツ農事試験場記録には、次のような記述がある。

ブルックス博士はいくつか有益な植物を持ち込んだが、その中には家畜の餌として使用するヒエとほかの日本のキビが二種類、さらに日本の大豆が何種類か含まれていた。これらの大豆とその活用に関する先駆的な実験は、彼の著しい業績のひとつである。（*Experiment Station Record*,

Vol. 78, No. 5, May 1938、私訳)

ブルックスが発見した大豆の窒素固定能力を向上させる方法は、大豆の生産量増加に寄与し、アメリカの大豆生産における画期的な発見となった。(6) このブルックスの「先駆的な実験」によって、一九〇五年には大豆の根粒菌の接種の市販も開始された。今日、アメリカは有数の大豆生産国となり、日本も大量にアメリカの大豆を輸入しているが、こうした状況はブルックスが一役買っているといっていいだろう。現在アメリカでは、和食がかなり普及しており、醬油や豆腐が日本の食品であることも広く認識されている。とはいえ、食べ方は日本式だとしても、アメリカ人が実際に食べている豆腐と醬油の原料がおそらくアメリカ産であるというのは、皮肉なことだといえるかもしれない。しかし見方を変えれば、これも「消極的国際化」の一例として挙げられるのではないだろうか。

五　内村ロード

内村鑑三は、一八八四年にアメリカのペンシルヴェニア州のエルウィンに到着し、約八ヶ月の間、現在の特別支援学校にあたるペンシルヴェニア州立の知的障害児学校(当時、ペンシルヴェニア州立白痴病院)に勤務した。よく知られているように、当時内村は病院の構内で生活しながら、患者の世話にあたっていた。内村にとってはエルウィンでの日々が貴重な国際体験になったと同時に、その当時、病院にいた子どもたちにとっても、内村の存在が少なからぬ影響を与えたはずである。

写真3　内村ロード

　この病院は現在でも「エルウィン」という名称で、特別な支援を必要とする一万二百人を支援する非営利団体によって運営されている。私は二〇一二年にこの病院を訪ねる機会を得たのだが、エルウィンのエリオット・サイモン院長が構内を案内してくれた際に、私に「内村ロード」と呼ばれる道を見せてくれた。その後、筆者宛に送られてきたサイモン院長からのメールには、この「内村ロード」に関する詳細が記されている。

当時、エルウィンの新しい正門のために新しい道を作ろうとしていた。鑑三は札幌農学校で測量技術を身につけていたので、その鑑三の技術は役に立つと当時の病院長アイザック・ニュートン・カーリン先生（一八三四～九三）は考えていた。鑑三がアマーストに行ってから、わずかな間、エルウィンに戻っていたときの話である。鑑三はエルウィンの構内が大好きだった。自然、川、動物、山と丘のすべてが一緒になり、コミュニティーになっているように感じていたようだ。彼は構内自体に治療の効果があると考えていた。エルウィンの歴史資料によると、内村は構内の設計に自分なりの雰囲気を加えることをとても喜び、曲がりくねった道と橋の形で東洋的な雰囲気をもたせたロードの設計に取り組んでいた。このロードは何年間もエルウィンの正門として使用されていたが、現代の交通状況を想定して設計されたわけではない。このロードはいまでは車が通行できないようになってはいるが、それでもなおエルウィンの構内の一部であるし、見どころでもある。私たちにとって、内村ロードはエルウィンの過去の思い出であるため、このまま保存している。内村が意図していたところによれば、二つの橋はエルウィンの仕事、つまり知的障害をもっている人を支援する仕事、換言すれば、「人生の道を歩む人々のために橋を作ること」をあらわしているのである。(7)（私訳）

エルウィンで支援を受けている人々をはじめとして、ほとんどのアメリカ人は「内村ロード」の背景を知らないだろうし、まして日本人でそれを知る人はほとんどいないであろう。しかし、「内村ロード」はアメリカの歴史に刻まれており、さらに日本でもアメリカでも支援を必要とする人のための国際的象徴であるといえるだろう。

六 「制度に従わない」内村鑑三の影響

内村鑑三に端を発する国際化のもうひとつの例として、アメリカにいた日系人における国際化の例を見ていきたい。第二次世界大戦の際、日系アメリカ人と在米日本人が強制収容所に入れられたが、収容所制度の設置を定める「大統領令九〇六六号」に反対したゴードン・ヒラバヤシ（一九一八〜二〇一二）という人物がいる。彼は「大統領令九〇六六号」に定められた門限に従わなかったために逮捕されたが、後に政府に対する訴訟を起こした。一九四三年の時点では敗訴したものの、戦争が終わって、四十四年後の一九八七年、新たに発見された証拠によって再審でヒラバヤシが勝訴した。その後、アメリカ連邦政府は、日系人と在米日本人に謝罪し、賠償金を支払ったのであった。

ヒラバヤシが大統領令に反対する行動を起こした背景には、法律的根拠のほかに、キリスト教の思想、特に無教会とクエーカーの思想があったと考えられる。ヒラバヤシ自身はシアトル生まれのアメリカ人であったが、彼の両親は長野県の穂高町（現、安曇野市）からアメリカに移民していた。父であるシュンゴ・ヒラバヤシは穂高にいた際に内村と出会い、内村の思想と無教会の考え方に影響を受けていた。ヒラバヤシは内村と直接会ったことはなかったが、父から内村の話を聞いていた。また、ヒラバヤシは幼少期に「穂高クラブ」という穂高出身移民の家族グループと交流があったが、彼らも無教会に影響を受けていたことがヒラバヤシの印象に残っている。ヒラバヤシは、父やほかの無教会メンバーが「内村伝説」、つまり「不敬事件」の話で談笑する様子を次のように振り返っている。

無教会運動のリーダーが内村という名前の人だ。内村鑑三。彼の伝説がある。彼は制度に従わないタイプで、次のようにいったらしい。「天皇はいい人だけど、ただの人なのだ。特別な天皇用のお辞儀なんてしなくてもいいよ」。(Frank Chin, *Born in the USA: A Story of Japanese America, 1889-1947*, Lanham, Md.: Rowman & Littlefield Publishers, Inc., 2002, p. 76、私訳)

ヒラバヤシは内村や無教会の活動について、おそらく積極的に情報を集めたり理解を深めたりしようとしてはいなかった。しかし彼の周りにいた人々から間接的な情報を得ており、その印象を後々まで自分の中にとどめていた。ここには、内村が及ぼした「消極的国際化」の一例を見ることができるだろう。ヒラバヤシが後に起こした行動はきわめて積極的であったが、彼の行動が広く世に知られたときに、その基礎となった「消極的国際化」にまで考えが及んだ人は少なかったのではないだろうか。

七　国際結婚

現代では国際結婚や外国人との交際は珍しいことではない。しかし、新渡戸とメリーが結婚を決意した当時においてはかなり稀なことであり、そのような時代に二人がいわゆる「国際結婚」を選んだことは当然「積極的」な選択であった。しかし、ここで考えたいのは彼ら自身のことではなく、新渡戸とメリーの結婚によって「国際結婚」という概念について考えるようになった人々のことである。

当時は、国際結婚はそれ自体が新聞記事になるほど珍しいものであった。『フィラデルフィア・インクワイアラー』紙は一八九〇年十一月二十八日に新渡戸とメリーの結婚を次のように報じている。

かなりの議論がなされた後、新婦であるメリーの父エルキントン氏が友会徒の会合中に席を立ち、強く結婚に反対する発言を行った。彼は人間としての新渡戸に関しては、まったく文句なしに知的で文化的な紳士であるという考えを述べた。しかし彼が反対したのは、娘が日本に連れていかれて、親しい家族や友人や環境から切り離されることであった。エルキントン氏の主張により、婚約している二人は「会合の許可」が得られなかった。新渡戸氏は故郷に帰るつも

りであったが、結果として二人は困難な状況に陥ることとなった。（私訳）

最終的に、新渡戸とメリーは友会徒の「会合の許可」を得ることができたが、メリーの父の許可は得られないまま、一八九一年に結婚し、日本に戻った。結局、メリーの両親は結婚式に欠席したのであった。

ここで「友会徒の会合」について、簡単に説明する必要があるだろう。クエーカーは「平等」と「平和」を重んじ、それらを保つために協力をする。クエーカーの特徴のひとつは「和合(unity)」である。友会徒に解決すべき問題が生じた場合、会合での話し合いが行われることになる。ここでの「和合」は全員の意見が一致することを意味するのではなく、異なる意見をもつにもかかわらず、お互いが異なっていることを認めた上で、共通の価値観をもちつつ、問題に対する行動を決定することをいう。

新渡戸とメリーの結婚問題は、当時の友会徒にとって非常に難しいケースであっただろう。メリーの父は集会の長老のひとりであったため、彼が賛成しない状況で集会が許可を出すまでには、かなりの話し合いが行われたものと推測できる。しかし結果として、メリーと父が所属していたフィラデルフィアの集会では、国際結婚という難問題に意識的に取り組み、この問題に対して熟慮の末に「和合」を得たことによって、集会の方向性が定められた。後に国際結婚を希望する人々は、新渡戸とメリーの結婚が前例になり、集会の理解と許可を得ることが容易になったのではないだろうか。

おわりに

「国際化」は毎日のようにテレビや新聞などのメディアでも用いられる言葉であり、比較的新しい概念であるように思われるかもしれない。しかし、実際にこの言葉が用いられるようになったのは明治期であり、その当時の札幌農学校の教員と学生にとっては、彼らの日々の生活において実感を伴って用いられる、重みをもつ言葉であった。ここまで、彼らの人生における「消極的国際化」の例をいくつか見てきたが、もちろんほかにも同様の事例が無数にあるだろう。たとえば、新渡戸の『武士道』のカバーに施された日本風のデザインは、アメリカ人のアナ・ハーツホーン（一八六〇～一九五七）によるものであったことや、日本で使用されている割り箸の大半が輸入品であることなども、「消極的国際化」の一例であると思われる。しかしここでは前節までの検討を踏まえて、いままで見てきたような「消極的国際化」が、「国際化」を考える上でどのような意味をもつのか、そして私たちはこのような「消極的国際化」に気づいてどうするべきなのかという点について、さらに考えを進めていきたい。

ここでヒントになるのが、新渡戸の言葉である。晩年の記事「愛国心と国際心」で、新渡戸は次のように述べている。

国際心を抱こうとする人は、まず自分の足で祖国の大地にしっかりと根を下さねばならない。それから頭《こうべ》を挙げて、広々した世界を見まわすと、自分がどこに立っているか、どちらへ向かって行かねばならぬかがわかるのである。（『新渡戸稲造全集』第二十巻、教文館、一九八五年、五六頁）

新渡戸によれば、「国際心」をもつためには、四つの要素、すなわち自分の国を知ること、周りの世界を観察すること、そこから自分の立場を考えること、そして行動することが必要となる。本章で見てきたような「消極的国際化」の例は、ある意味で「世界を見まわす」ことになるだろう。いままで気づいていなかったような自分の国とほかの国との関係を発見することによって、自分の国をより深く知ることになる。それによってまた、自分の国がいかにほかの国との密接な関係をもっているかがわかる。これが、実は非常に重要なポイントなのである。「世界」に目を向けるときには、自分の中に多くの「世界」がすでに存在しているはずである。このことに気がつけば、自分自身の立場も確認できる。要するに、自分がある特定の国に属する一員であるだけではなく、「世界」の一員でもあるのだということが認識できるのである。「国際人」「グローバル・シティズン」とは、このような認識をもつ人にこそふさわしい呼び名であるように思う。

今日では、複数の国が関わる問題に対して、国による対策と同時に、研究者や技術者、活動家により、国という枠を超えた対策がとられることがすでに珍しくはなくなっている。本章では、日本とアメリカという二国間の例を見てきたが、「消極的国際化」は国のレベルを超えた側面も備えている。「内村ロード」に作られた橋によって表現された思想、すなわち、特別な支援をする人とされる人のため「橋」を作らなければならないという考え方は、一国にとどまるものではない。どのような支援がふさわしいかという問題は、世界中の国々に存在する。このような問題を考える場合、さまざまな国から多様なアプローチを検討することによって、どの国からも生まれてこなかった考え方が芽生えるかもしれない。現代世界には、国を超える課題が数多く存在している。人権・環境問題、テロ、伝染病、貧困、虐待といった問題は、もはや一国のみに関わる問題ではなく、解決も一国のみが担えるものではない。現代を生きる私たちにとってはこの事実を認識することこそが、まさに新渡戸のいう「国際心」になるのではないだろうか。

（1）アイダホ・テリトリーは一八六三年に設立され、一八七〇年の人口は一万七八〇四人で、一八九〇年に州になったときの人口は八万八五四八人にのぼった。http://history.idaho.gov/history_timeline

（2）英語の「インターナショナル」は、一七八九年に出版された『道徳および立法の諸原理序説（*An Introduction to the Principles of Morals and Legislation*）』でジェレミー・ベンサムによって新語として作られた言葉である。日本において、日本語の「国際」がはやってきたのは一九八〇年代で、当時の中曽根康弘総理が頻繁に「国際国家」という言葉を使用したことがある。

（3）一九〇四年四月二十三日付けの金子賢太郎（一八五三〜一九四二）宛の手紙。

（４）http://www.maff.go.jp/j/seisan/ryutu/daizu/d_tisiki/＃Q18

（５）http://www.soyinfocenter.com/chronologies_of_soyfoods-tofu.php

（６）*Thirty-Second Annual Report of the Massachusetts Agricultural College*, Public Document No. 31, January 1895, p. 26.

（７）二〇一四年三月十五日付けのサイモン院長による筆者宛のメールより抜粋。なお、「内村ロード」は「クレン・ロード」とも称される。

第六章　新渡戸稲造にみる「国民的立場」と「人類的立場」の問題

権　錫永

はじめに

国際連盟の事務次長を務め、西洋に向けて精力的に執筆活動を行った近代日本屈指の国際人の新渡戸稲造は、国際主義者・自由主義者として知られる。一方、歴史研究では「帝国主義者」としての顔も指摘され、一般には知られざるこの一面が、新渡戸の評価に大きなギャップを生む要因となっている。よくいわれるように、新渡戸は矛盾に満ちた人物で、その全体像を捉えることは非常に難しい。それでも彼の全体像に近づこうとするならば、いま最も必要なのは、この矛盾、両面性に注目し、それに正面から取り組むことだと思われる。[1] 本章では、同時代の倫理・哲学分野の動向にも目配りしながら、より根本的なところから、新渡戸の矛盾や思想的課題について考えたい。それは新渡戸を理解するためだけではない。その思想的課題が、現代を生きる私たちが受け継ぎ、私たちの中に息づかせなければならないものだと考えるからである。

新渡戸は著作の随所で「愛国心」について論じており、「狂信的愛国主義」に対しては拒絶感を示した。「真の愛国者にして国際心の持ち主」(「愛国心と国際心」、『新渡戸稲造全集』教文館、一九八三〜二〇〇一年〈以下、全集と略記〉、第二十巻、五六頁)を理想とした彼は、この点で徹底していた。だが、彼が生きた時代に、愛国心と国際心を調和させることは容易ではなかった。というより、むしろその調和こそが、その時代のひとつの思想的課題だった。結局、ここで問わなければならないのは、その調和の問題、いいかえれば、一国の国民のひとりであると同時に人類の一員でもある近代人が抱える、国家との距離の問題である。

遠回りになるが、新渡戸の矛盾を考えるためのひとつの手続きとして、まず新渡戸の日本理解の態度を確認し、それと対照をなす朝鮮理解の態度をみることにする。

一　新渡戸稲造の日本理解の態度——自己弁護の態度

(一)「被告」の立場からの自己弁護の態度

新渡戸が英文で『武士道』を出版したのは、病気療養のためアメリカに滞在していた一九〇〇年であった。植村正久がその翌年に書いた批評文が面白い。

著者は弁護士の如き立場より武士道を論ずと自ら明言せり。日本人が外国人に対するときは、常に法廷に立つて弁論すると同様なる態度と口調とを免れざるは、蓋《けだ》し事情の然らしむる所なるべしと雖《いえど》も、天真爛漫自然に且つ無邪気に、自国のことを語り得ざるは残念なる次第なり。……英国人などが其の家に日本人を招きて、其の隅々隅々無遠慮に放開《ママ》して、何恐れ気なきに引き替へ、日本人は其の家を斯の如く暴露して忌み憚る所なきこと能《あた》はざるなり。（佐波亘編『植村正久と其の時代』第一巻、教文館、一九三七年、六一二頁）

新渡戸は後に、ある雑談の席でこれに触れ、植村は自分の『武士道』を、「床間付の部屋を外国人に紹介したもの」と批評したと表現し、しかしこれがあまたある『武士道』批評のうち、「最も自分の意を得たものである」と評価したといわれる（佐波編『植村正久と其の時代』第一巻、六一四頁）。新渡戸が日本を論じる際の自分の立ち位置を強く意識していたことは、『武士道』第一版の「序」を見れば明らかである。日本論で名高いラフカディオ・ハーン（日本名は小泉八雲）らの名を挙げ、「彼らはたかだか弁護士もしくは検事の立場であるに対し、私は被告の態度を取りうること」が、彼らに勝る「唯一の長所」だとしているのである（全集第一巻、一八頁）。日本・日本文化を論じる場合にとりうる立場として弁護士・検事・被告の三つの立場があるというこの指摘は、新渡戸自身の活動を考察する上で示唆に富んでいる。

上の「序」の記述から、新渡戸が、「弁護士」の立場というより、「被告」感覚に根ざした日本弁護を意識していたことが確認できる。鎖国の時代が終わり、日本は西洋人の視線にさらされることとなった。西洋人の日本理解は、必ずしも日本のエリートが期待するような肯定的なものでも、「正しい」ものでもなく、なかには誤解、または無理解としかいいようのないものが多かったことは想像に難くない。そこに、新渡戸にみられるような、「被告」としての自己弁護の態度が生まれる。『武士道』は、「新渡戸にキリスト教を伝え、また彼の接触する機会も多かった欧米宣教師の平均的な異教および異教文化観への反逆の書とも読める」（太田『〈太平洋の橋〉としての新渡戸稲造』四四頁）という指摘もあるように、新渡戸には札幌農学校時代からこのような態度が芽生えていた可能性がある。

思うに、新渡戸はまず、二十世紀のはじめ頃、日本が自己弁護を強いられたその時代の主役、いいかえれば、代表的な日本弁護人のひとりとして認識される必要がある。新渡戸の日本論ははなはだ正確さに欠ける（太田『〈太平洋の橋〉としての新渡戸稲造』一五～一六頁）と指摘されて久しいが、ここではそのような問題には立ち入らず、日本弁護としての側面を見極めたい。

（二）『武士道』の具体例を通してみる新渡戸の日本理解の態度

「被告」の感覚に根ざした日本弁護の態度は、自ずと西洋人の場合とは違った日本理解の態度として現れるだろう。ここでは新渡戸の日本理解の態度を、『武士道』にみられるいくつかの具体例を通して確認しておく。

①「日本人の微笑」

文明開化の時代、「日本人の微笑」は西洋人に理解されない、「おかしい習慣」のひとつであった。その不思議な微笑について、唯一まとまった解釈を残したのはラフカディオ・ハーンである（小泉八雲著・平川祐弘編『明治日本の面影』講談社学術文庫、一九九〇年、二二七〜二六三頁）。

日本の子どもは常に「気持ちのよい顔」を作ることを教え込まれる。日本人の微笑は、そのようにしてしつけられた「礼儀」である。ハーンはこのように解釈し、いくつかの例を紹介している。たとえば、西洋人の家に雇われた日本人の女中が夫を亡くしたことを報告する際に微笑を浮かべたという。その微笑のために彼女は西洋人から道徳性まで疑われる。それに対してハーンは、「初めての子を亡くした母親」の場合でも同じだろうといい、このような「痛ましい事や恐ろしい事を告げねばならぬ時、日本では被害にあった当人はその事実を微笑を浮かべて」いうのが習慣だと指摘する。彼の解釈では、その微笑は次のような意味をもつものであった。「あなた様はこれを不幸な事件と考えでございましょうが、なにとぞこうした取るにも足らぬ事にわざわざ御心をおかけくださりますな。やむを得ずこうした事を申しあげて失礼いたしました。お赦しくださいませ」。

もうひとつ、過失のために解雇を申し渡された召使がお辞儀をしながら浮かべる微笑が紹介されている。それについてハーンは、その申し渡しを当然なものとして受け止め、悪い感情はもっていない、という意味の表現とみる。

ハーンの解釈は、相手への配慮もしくは礼儀正しさという点に重きを置いた、他者本位の解釈である。これは上記の事例における微笑の解釈として、一定の説得力をもつ。

新渡戸は後年日本人の微笑に触れたあるエッセーの中で、ハーンが「見事に描いた、神経質な笑いのこと」(「日本人の特徴」、全集第二十巻、三四六頁)と表現していることから、ハーンの解釈に特に異議はなかったと思われる。ところが、『武士道』にみられる新渡戸の見方はちょっと違う。彼によれば日本人の微笑は、逆境によって心を乱されたとき、「心の平衡《バランス》を恢復せんとする努力を隠す幕」、すなわち悲しみもしくは怒りの「平衡錘」だった(全集第一巻、九〇頁)。

人に配慮して感情を抑制し笑顔を作るというハーンの他者本位の解釈に対して、感情を抑えようにも抑えきれないための感情の平衡錘があの微笑だとみる新渡戸の解釈は、微笑の主体の切実な事情に基づく、いわば主体本位の解釈といえる。先に述べたように、ハーンの解釈は確かに一定の説得力はあるが、新渡戸はそれが完璧な解釈でないことを気づかせてくれる。夫や子どもの死を告げるときの微笑が、相手への配慮や礼儀というより、あるいはそれだけでなく、新渡戸がいうように、「逆境によって心を乱され」、「心の平衡《バランス》を恢復せんとする努力を隠す幕」として現れる場合を想像することは、そう難しいことではない。おそらくどちらか一方だけが正しいというより、この時代の日本人の微笑にはこの二種のものがあり、場合によって異なるとみるべきだろうが、ハーンの解釈に対して新渡戸が異議申し立てをした格好になっていることは興味深い。

ハーンはもうひとつ、人から伝え聞いた「老人の侍」の微笑を例として挙げている。その「老人の侍」はイギリス人商人Ｔに雇われていた。

ある日Ｔはその老人に対してひどく腹を立てた。そしてＴが怒れば怒るほど老人はお辞儀をし微笑を顔に浮かべた。それを見てＴはますます激昂し、口汚い言葉を使って相手を罵倒した。それでも老人はお辞儀をし微笑した。それで我慢しきれなくなったＴは老人に家から立ち去るよう命じた。しかしそれでも相手は微笑を浮かべている。その顔を見たＴは我を忘れて、老人を殴った。しかし殴った途端にはっと恐ろしくなった。長刀の刀身が鞘からすらりと抜けたと思う間に、自分の頭上で空を切ったからである。

この老人の微笑は、はたしてしつけられた「礼儀」として片づけていいものだろうか。それはむしろ、理由もなく腹を立てられたことによる心の乱れに端を発する、とてもぎこちない微笑とみるべきであり、その意味で新渡戸の解釈が当てはまると思われる。

ハーンの日本人の微笑についての解釈は、微笑をれっきとした文化とみなす寛大なものだったし、ある程度説得力をもつものでもあった。新渡戸はハーンを、「日本人の心の最も雄弁にしてかつ忠実なる解釈者」（全集第一巻、一二八頁）と評価して尊敬の念を抱くことはあっても、以上のような解釈に対してなんら不満を表すことはなかったが、実際のところ、彼の解釈はハーンに対する一種の異議申し立てといってよい。しかもそれは、ハーンの解釈に勝るとも劣らない深みのある解釈となっている。

② 贈り物の礼法

贈り物をするときに相手にかける「つまらないものですが」という言葉は、西洋人の間で「おそろしくおかしい」といわれていた習慣のひとつだったらしい。新渡戸は、アメリカで贈り物をするときには「受取る人に向ってその品物を賞めそやす」のに対し、日本ではこれを「軽んじ賤しめる」のだとし、次のように説明する。

「之《これ》は善い贈物です。善いものでなければ、私は敢えて之を君に贈りません。善き物以外の物を君に贈るのは君には侮辱ですから」。之に反し日本人の論理はかうである。「君は善い方です、如何なる善き物も君には適《ふさ》はしくありません。……最善の贈物でも、それをば君に適はしきほどに善いと呼ぶことは、君の価値に対する侮辱であります」。この二つの思想を対照すれば、究極の思想は同一である。どちらも「おそろしくおかしい」ものではない。米国人は贈物の物質について言ひ、日本人は贈物を差出す精神について言ふのである。（全集第一巻、六二頁）

新渡戸にとって、日本の贈り物の礼法が西洋的な文化を基準に「おかしい」習慣とされるのは無理解以外の何ものでもなかった。そこで彼は、その習慣を西洋のそれと同等の文化的意味と価値を有するものとして説いたのである。

③　日本人の道徳体系としての武士道

『武士道』第一版の「序」には、この著作の端緒のひとつとして、ベルギーの学者エミール・ド・ラヴレーとのエピソードが紹介されている。ド・ラヴレーは日本には宗教教育というものがないと聞いて、それならどうやって道徳教育を授けるのかと訝《いぶか》る。新渡戸は即答することができなかったが、ようやく自分の中の正邪善悪の観念が武士道によって育まれたものであることに気づいたのだという（全集第一巻、一七頁）。新渡戸は『武士道』の第一章において、武士道が武士の道徳体系であったことを説き、第十五章においては「武士道の感化」を説いている。それによれば、最初は武士階級の道徳体系だったものが、後には「大衆の間に酵母《ぱんだね》として作用し、全人民に対する道徳的標準を供給した」とされる。

〔武士道は〕時を経るに従ひ国民全般の渇仰および霊感となつた。而して平民は武士の道徳的高さに迄《まで》は達し得なかつたけれども、『大和魂』は遂に島帝国の『民族精神《フォルクスガイスト》』を表現するに至つた。（全集第一巻、一二二頁、〔　〕内は権による補足）

これはいいかえれば、西洋にキリスト教によって養われた道徳があるように、日本には武士道によって養われた「大和魂」があるということでもある。日本人を、道徳を有する「普通」の国民として主張したのだといえよう。

④　桜花を愛する日本人の美意識

新渡戸は、桜花は日本人の「国民性の表章」であるとして、桜＝日本人の「国民性」の一端を鮮やかに論じてみせた（全集第一巻、一二三〜一二四頁）。日本人が桜を愛《め》でるのは、その「美の高雅優麗」がどんな花よりも日本人の「美的感覚に訴ふる」ところが大きいからであり、日本人の美的感覚は「薔薇《バラ》に対するヨーロッパ人の賛美」に同調することを許さない、と彼は述べる。桜とバラは多分に正反対の性質を有するとみたのである。

薔薇は桜の単純さを欠いて居る。更に又、薔薇が甘美の下に刺を隠せること、その生命に執着すること強靭にして、時ならず散らんよりも寧ろ枝上に朽つるを選び、恰《あた》かも死を嫌ひ恐るるが如くであること、その華美なる色彩、濃厚なる香気——すべて之《これ》等は桜と著しく異なる特質である。我が桜花はその美の下に刃をも毒をも潜めず、自然の召のままに何時なりとも生を棄て、その色は華麗ならず、その香は淡くして人を飽かしめない。

日本人とヨーロッパ人、桜とバラを対照させたこのくだりは、両者の同等性を主張して止まない。ヨーロッパ人が自らの美的感覚に基づいてバラを愛するように、日本人は日本人の美的感覚に基づいて桜を愛する。そのことを新渡戸は、バラは日本人の美的感覚には合わないと極論する形で説いたのだった。そこから、両方の社会における「愛花」の習慣は、独自性をもつ同等の文化として主張される。

これらの例からわかるように、日本文化を理解する新渡戸の態度には、優しさがある。彼の手にかかれば、日本のあらゆる習慣が、ときには、西洋人に理解されず、「おそろしくおかしい」とされる習慣でさえも、優れて意味のある、普遍的な価値を有する文化としての位置を獲得する。いうまでもなくそれは、日本人が「普通の国民」としての位置を与えられるということでもある。最も優しく熱心に、その豊富な教養と優れた思考力とによって、西洋と対比させる形で、よく日本を理解し海外に発信した新渡戸は、日本・日本文化の優れた弁護人であった。

二　新渡戸稲造の朝鮮理解の態度――「検事」の立場

新渡戸の朝鮮論に問題があることとは、評価の程度いかんにかかわらず、ほとんどの研究が認めるところである。彼の日本論と対比させていうならば、そこに現れているのは「検事」の立場だ。新渡戸は日露戦争後の一九〇六年に朝鮮を旅行しながら、英文で二つの短いエッセーを執筆している。(2) そのうちのひとつにつけられた題は「亡国」であった。新渡戸はこのエッセーで、朝鮮の山林は荒廃し田は痩せているとした上で、次のように述べる。朝鮮の民力は消耗しきっており、勤労させたくても刺激がない。男は白衣を着、「長煙管《ながぎせる》」をくわえて座り、昔を夢見るばかりで、いまを計画して生きようとはしない。なんの望みもなく、ただ飢えれば、そのときを凌ぐための食を求めて動く（「蠢動する」）にすぎない。憐れな女は、人生の労苦を背負わされ、家族の白衣の洗濯に明け暮れる。女の子のように美しい顔をした少年は、壮夫でも耐えきれないほどの重荷を担ぐ。柳の木の下で自分は覚えず「悲感」に襲われた（「亡国」、全集第五巻、七八〜七九頁）。

「亡国」と題されたにもかかわらず、このエッセーは朝鮮を風景として切り取っているにすぎず、なんら具体的な内容を伴っていない。新渡戸は朝鮮人のために悲しむようなポーズをとることはあっても、朝鮮を理解すべき対象とは考えなかった。朝鮮社会で白衣が常服として用いられ、「長煙管」がはやっていたことは当時の日本でよく知られていたが、このエッセーでそれらの朝鮮名物は朝鮮をだめにした既成世代の男の象徴のように扱われ、女性はその男たちのために白衣の洗濯に明け暮れる憐れな犠牲者となっている。女性が厳しい家父長社会の犠牲者であったことは否定できないが、それは白衣の問題とは別問題である。洗濯に明け暮れるその女性たち自身も一般的に白衣姿だったからだ（写真1）。新渡戸の関心は、朝鮮の人々はなぜ白衣を常服とするのか、そこにはどんな文化的意味があるのか、といったところにではなく、むしろ、白衣の男による憐れな社会的犠牲者をでっち上げることに向けられている。

もうひとつのエッセーは「枯死国朝鮮」（全集第五巻、八〇〜八二頁）である。新渡戸はこの短いエッセーの冒頭で、朝鮮人を「有史前期に属する」民と規定した上で、土葬を基本とする「死の習風」

について、次のように述べる。朝鮮の人々は死者と近接しすぎている。山野は墳墓に満ち、道ばたには埋葬されるべき柩《ひつぎ》が並んでいる。その多くは腐敗して中身が露出している。農夫は墳墓の上で昼食をとり、子どもはその側に戯れ、道ばたの名もなき祖先の「されこうべ」は「行人の蹴る所となる」。

写真1　白衣の洗濯の様子

　祖先の遺骸の蔑視せられて、日常目に馴るゝ物となり、腐敗しつゝある屍体の嗅覚を苦しめ、犬が人間の骨を弄ぶに至らば、死なるものは、あまりに現実、あまりに物質的の事実となりて、之が精神的感化は其の力を失ひ、死は却つて精神上の重荷となり、圧抑し……。かく死と密接せる国民は、自から既に半ば以上死せるものなり。

そして、文章はこう締めくくられる。「韓人生活の習風は、死の習風なり。彼等は民族的生活の期限を了りつゝあり。彼等が国民的生活の進路は殆《ほとん》ど過ぎたり。死は乃《すなわ》ち此《この》半島を支配す」。

新渡戸のいっていることは根拠のない話ではない。道ばたに柩が置かれることもあったし、住民が何らかの形で死体を目にする機会があったことも確かである。しかし、新渡戸は、特別な風習もしくはやむをえない事情によって社会に偏在するものを、まるでそれがすべてであるかのように一般化しており、それに関わる風習の社会的な意味を考えようとはせず、むしろ、朝鮮という国の「死」に結びつけてしまったのである。

十九世紀末、あるアメリカ人とロシア人がそれぞれ書いた朝鮮旅行記に、新渡戸が目撃したものと重なる、奇怪ともいえる光景が描かれている。

墓は、特に冬季にはしばしば、大変浅く掘る。私が朝鮮で目撃した最も嫌な光景のうちのひとつは、ほとんど地上に露出した死体の足を犬が食う姿であった。春の解氷によって封墳の形はなくなり、死体は外に露出する。犬がたらふく食ってその場を去るまで、烏はわずか数フィートの距離のところに止まって待っていた。(3)（私訳）

岩下の林の近くで、藁を巻いた丸太が何本も木の枝に縛りつけてあった。これは、実際は男の赤ちゃんたちの遺骸だった。町に近付くと、岩山の麓の藁の小山の下には、大人たちの遺骸が横たわっていた。さらに行くと、道路のすぐ脇に死者の両足が露出していた。死者は蔽っていた藁が膝の処まで引き剝がされていたのだ。空気は腐乱した遺骸の悪臭で充満していたが、住民たちは、住居が遺骸から三〇―四〇サージェンと離れていないのに、異臭を全く意に介していなかった。死者は普通の場合、死後数ヶ月経ってから葬る。金持ちは遺骸を棺に納めて、すっぽり粘土で塗り固めた特別室に埋葬まで安置する。……

貧乏人の場合は、死者の遺骸を藁筵《むしろ》に包んで埋葬の時まで家の近辺に、多くは畑の近くに安置する。そこでは、犬どもが遺骸を食い散らすこともある。（ゲ・デ・チャガイ編、井上紘一訳『朝鮮旅行記』東洋文庫、平凡社、一九九二年、二三八〜二三九頁）

一つめの引用文の光景は、冬の寒さの厳しい朝鮮半島の特殊な事情による。凍った土を深く掘ることが困難で仮埋葬する場合に生じる問題なのである。二つめの引用文にみられる、死体を木の枝に縛りつける習慣は天然痘による死の場合であり（山道襄一『朝鮮半島』日韓書房、一九一一年、二一九〜二二〇頁）、岩山の麓の死体は伝染病によるものか、もしくは「草墳」（死体を藁・草で覆って封墳のような形にしておく風習で、後に骨だけを洗って葬る）だったのではないかと思われる。

さて、これを新渡戸のエッセーと読み比べれば、観察される客体に対する両者の態度の違いは一目瞭然である。これらの旅行記が客観的で穏やかな描写にとどまっているのに対して、新渡戸の主観的な態度は朝鮮の「死」の徴候をかき集めることを目的とするかのようだ。朝鮮・朝鮮文化を論じるときの新渡戸は思考停止してしまい、馴染みのない習慣や社会の光景に文化的な意味を見出そうとはしない。日本を論じるときにみられた配慮や優しさは微塵も感じられないのだ。新渡戸は日本・日本文化に対して優れた弁護人であった一方で、朝鮮・朝鮮文化に対しては厳しい「検事」の役割を演じたといわざるをえない。

三　国際心に包まれた愛国心――人類の福利増進と日本の膨張との接点

（一）国家経営の資格なき朝鮮と日本の領土的膨張

新渡戸を国際主義者または自由主義者としてみようとするならば、以上確認してきたことは、新渡戸の矛盾として現れてくるだろう。そこで私たちは、この矛盾はどこから来るのか、あの豊かな教養と思考力までも無用の長物にしてしまったものは何だったのかを考えなければならない[4]。

重要と思われるのは、彼が日本の領土的膨張を支持していたことである。それを検討する前に、エドワード・サイードの『文化と帝国主義』の一節を紹介したい。

物語こそ、わたしの議論のかなめであり、わたしの基本的な観点とは、探検家や小説家が世界の未知な領域について語ることの核心には、物語がひそむこと、また物語は、植民地化された人びとが、みずからのアイデンティティとみずからの歴史の存在を主張するときに使う手段ともなるということである。……誰がその土地を所有し、誰がそこに定住し耕作するのか、誰が土地を存続させるのか、誰が土地を奪い返すのか、誰がいま土地の未来を計画するのかが問題になるとき、こうした問題に考察をくわえ、異議をとなえ、また一時的であれ結論をもたらすのは物語なのである。（エドワード・サイード著、大橋洋一訳『文化と帝国主義1』みすず書房、一九九八年、三～四頁、傍点は原文）

この一節は、帝国主義の時代の、他国についての物語《ストーリー》の重要性を教えてくれる。新渡戸は「朝鮮」という土地を誰が所有し経営すべきか、その資格・権利を規定することに意欲的――もしくは敏感――であった。(5) 新渡戸の論説に「日本帝国の膨張」（琴秉洞編『資料　雑誌にみる近代日本の朝鮮認識』第一巻、緑蔭書房、一九九九年、二八二～二八九頁）というものがある。これは全集に収録されておらず、学界でもほとんど知られていないもので、大変重要な意味を有する。日露戦争の最中に雑誌『太陽』に掲載されたこの論説は、まず、他国の領土を略奪するような国家行為について、「君子国」を自称する国のなすべき行為ではないとして否定し、ましてや「支那の保全」と「朝鮮の独立」を公言した日本としては、「領土の拡張」は「目下頗《すこぶ》る至難のこと」と、諦めにも似た見解を示している。ところが、そのすぐ後に一転して、しかし日本は「不正な手段に寄らず、最も正当なる方法」で領土を「拡張し得る余裕」があると明言する。そのために必要になってくるのが、次のような〈国家経営の資格・権利の論理〉であった。すなわち、朝鮮がその「土地の利用法を知らず」、国民が安心して生活を営むことを保障できないのならば、「朝鮮のため」「世界のため」、日本がこれを「世話する」のは「自然」であり、また「不道徳」ともいえない、というのである。

新渡戸の〈国家経営の資格・権利の論理〉は二つの点で道徳論的な性格をもつ。すなわち、第一に、国民に幸福を与えることができないのは国家的道徳に反し、第二に、人口増加で世界的に土地が不足していく中、土地の利用法を知らないのは世界的道徳に反するというわけである[6]。朝鮮は二重の不道徳性ゆえに国家経営の資格・権利がないということの論理によって、逆に、日本の資格・権利＝道徳性が担保される。こうして、「朝鮮のため」「世界のため」とあるように、日本の朝鮮への領土拡張は朝鮮人の幸福と人類の福利増進に貢献する「正義」となる。要するに、ここにみられる〈国家経営の資格・権利の論理〉は、つまるところ、その「土地」を所有し、耕し、「土地の未来を計画す」べきなのは朝鮮ではなく日本なのだ、ということを主張し自己合理化するのに役立ったのである。新渡戸が、行き詰まった日本の領土的膨張の唯一の突破口として朝鮮に目をつけていることは明らかだ。いうなれば、〈国家経営の資格・権利の論理〉の創出の背景には、日本の領土的膨張に対する新渡戸の欲望があったのである。朝鮮に対して厳しい「検事」の立場をとらせたのも、彼の中の領土的膨張への欲望だったといえよう。その欲望からすれば、朝鮮に対して、日本を理解し弁護するときのような態度をとることは、むしろ不都合でさえあった。

ここまで、新渡戸の朝鮮論がもつ問題点を指摘してきたが、いま一度角度を変えて冷静に考えてみることも必要である。いうまでもなく、領土的膨張への欲望とは、日本の国家的利益と発展への欲望である。こうみるとすれば、新渡戸は強い愛国心から日本の帝国主義を支持したということになるわけだが、問題はそう単純ではない。

(二)　土地の利用の最大化

論説「日本帝国の膨張」に使われた「土地の利用法を知らず」という言葉にもう一度注目してみよう。すでに述べたように、この言葉は世界・人類の視点から朝鮮を不道徳な国家として規定するのに役立ったわけだが、どうやらこれは単なる方便ではなかったようで、後に世界的な「土地の利用」について、朝鮮問題とは完全に切り離した形でも深い考察がなされている。新渡戸は一九一三年に「植民の終極目的」(全集第四巻、三五四～三七一頁)という論文を発表している。この論文では「植民の終極目的」として「地球の人化」と「人類の最高発展」を挙げているが、ほとんどの記述は「地球の人化」についてである。新渡戸は、従来、個人、移民会社、あるいは国家によって進められてきた「拓地植民」の「終極目的」がきわめて「不明」だったとし、その目的について次のように述べる。人類の移住は、現在の地球の狭い範囲の中での激しい競争を考えてもぜひとも行われる必要がある。人類の住みうる土地(ギリシャ人がいう「オイクメーネ〔Oikumene〕」)は非常に狭小だが、それを拡大してくれるのは「科学」であり、その結果として「地球の人化」が実現される。土地は天から与えられた賜物であるから、(国家の領土権を排する必要はないが)国籍や人種の別を問わず、「人類の為めに最もよく利用する者に帰す」べきである。地球上の土地がすべて開放されれば、シベリアの荒野、アフリカ大陸、南洋の島々、南米の大森林などすべてを開拓し、「これを耕すに最適したる者移住土着して植民の目的を遂」げるはずである。

「地球の人化」＝土地の利用の最大化を主張する新渡戸が意識していたのは、人類の福利増進であった。「日本帝国の膨張」において、日本は「土地の利用法を知ら」ない朝鮮に代わってその地を経営する資格・権利があると主張したときにも、人類の福利増進が主張の拠り所のひとつとなっていた。日本の膨張を切に願うところに愛国心が現れているとすれば、人類の福利増進を目的とする「地球の人化」＝土地の利用の最大化の主張には国際主義的な傾向が現れているとみることができる。「日本帝国の膨張」では、後者が全面的には展開されず暗示程度にとどまってはいるものの、愛国心と国際心が結合した形で帝国主義が支持されたとみていいだろう。

(三)「国際心あるナショナリスト」という問題

新渡戸は自然な感情としての「国を想う心」についてどう考えていたのだろうか。日本・日本文化の弁護に熱心ではあった――それくらい愛国心の持ち主ではあった――彼だが、「愛国」をかなり徹底的に相対化しており、熱狂的な愛国主義を批判していた。時代は後になるが、日本主義が高揚する一九三〇年代のはじめ頃、新渡戸は「愛国心」について繰り返し論じている。たとえば、「余りにも自然な愛国心」という文章では「愛国心」を「きわめて自然な偏愛」としながらも、それが「自分の国の誤りを、心平らかに、公平な精神で扱うこと」をできなくするものだと述べた(全集第二十巻、二一六〜二一七頁)。また、「憂国(マトリオティズム)」では、「明治以前の時代の愛国者」は自らを「国の為に嘆く者」と称したとし、「己が国を愛する人は、その罪や欠点すらも愛するであろうが、……己が国を悲しむ(ウレイ)人は、その罪と欠点のゆえに憂うる」(全集第二十巻、二一七頁、傍点は原文）と述べて、同じく国を愛する態度でも「愛国」と「憂国」との間には大きな違いがあるとの認識を示した。

もちろん、新渡戸が嫌ったのは国家に対する「偏愛」であって愛国心そのものではない。彼はしばしば、「愛国心」というものから「熱狂的愛国主義」「狂信的愛国主義」を切り離して否定的に論じており、愛国心は国際心と接点をもつべきものだと考えていた。

愛国心の反対は、国際心や四海同胞心ではなくて、狂信的愛国主義である。国際心は愛国心を拡大したものである。自分の国を愛するならば、自国の生存に欠くことのできぬ国、その国がなければ自国がその存在理由を失う他の国々を、どうしても愛せずにいられない。また、もし世界を愛するならば、どうしても世界で自分にもっとも近い所を、一番愛せずにはいられない。……

真の愛国者にして国際心の持ち主とは、自国と自国民の偉大とその使命とを信じ、かつ自分の国は人類の平和と福祉に貢献しうると信じる人である。（「愛国心と国際心」、全集第二十巻、五六頁）

この頃の新渡戸が理想としていたと思われる「愛国者にして国際心の持ち主」という人間像は、「国際心あるナショナリスト」（「国際心あるナショナリスト」、全集第二十巻、六二九頁）とも表現される。こうした傾向は、一八九七年に書かれた「わが国最近の熱狂的愛国主義」にもすでに現れている。新渡戸は、「熱狂的愛国主義」は「一種の病気――少なくとも一種の偏見――」(全集第二十一巻、二八〇頁)だとしながらも、それが生まれる事情については一定の理解を示し、もの柔らかに批判した。

日本は世界有機体の無くてはならぬ一員である。世界を支配している〝正義〟とは、日本からも同じ服従を求めている。日本が〝正義〟の範囲を愛国心に制限し、〝真理〟を自国の歴史にだけ限ることは、もはやできはしない。(同、二八二頁)

新渡戸は、時代による程度の差こそあれ、一貫して病的な愛国主義を排し、また、日本を愛しつつも、「正義」と「真理」を世界と共有しなければならないと考えていた。彼は早くから「国際心あるナショナリスト」だったのである。

すでに述べたように、先の引用文の中の、「自国と自国民の偉大とその使命とを信じ、かつ自分の国は人類の平和と福祉に貢献しうると信じる」心は、愛国心と国際心の結合したひとつの形である。一九三〇年代の文章とはいえ、ここに示された考え方は、朝鮮への領土拡張を朝鮮人の幸福と人類の福利増進に貢献する日本の「正義」として唱えた一九〇四年頃の新渡戸自身のものでもあった。しかし、愛国心に満ちた新渡戸の帝国主義の言説が国際心に包まれていたからといって、朝鮮を理解する努力を怠り、日本の統治下に置かれる朝鮮人の苦痛への想像力を放棄したことが正当化されるわけではない。

同じ問題は一九三一年の満州事変とその後の満州国建国の際にも起こっている。[7] 新渡戸はこの頃、英文大阪毎日新聞にコラム「編集余録」を掲載していた。英文であるから外国向けだったことはいうまでもない。「編集余録」欄で新渡戸は、「満州での軍事作戦」の後の「日本にとっての責任の重かつ大なる新時代」を期待し（「満州での出来事の教訓」、全集第二十巻、三九三頁）、戦争を「天職」とする兵士の仕事が終われば、平和を「義務」とする市民が、「荒廃した土地を耕作地にもどし、貧しい農民を助けて農場を建設し、その子供たちを平和の枝で教育するための仕事」を始めなければならないとした（「戦争のあとの勇気」、全集第二十巻、四一三〜四一四頁）。満州の中国国民党政府からの分離独立が宣言された翌日は、「新国家の誕生」と題して、その理念と意義をこう綴っている。

新しい国家は誕生を告げるに当たり、三つの原則をその第一の義務として宣言した。第一に、領土内における平和と安全の維持、第二に、〝門戸開放〟、〝機会均等〟、〝人種平等〟の原理の支持を約束するその統治の国際的側面の確認、そして第三に、新経済体制による農業と工業の育成、および社会内財富の公平なる分配の奨励である。

こうして、高貴なる理想がかかげられて、これが新国家の統治にあたり政治家たちを導くのである。

その国は中国からは完全に独立するはずである。しかし中国自身はその分離を嘆くべきではない。新国家が成功し、繁栄し、一大国家となるなら、ちょうど英国が今アメリカ合衆国を誇りとしているのと同様に、中国はそれを誇りとして当然であろう。いかなる民族も、「偉大なる国民の〝母〟」となる以上の偉業を誇ることはできない。（全集第二十巻、四二一～四二二頁）

日中関係の現実感覚を欠いたこの理想論において新渡戸は、中国に対して「偉大なる国民の〝母〟」となることを強要し、その一方で、日本を「偉大なる国民」の誕生を助ける産婆役として位置づけたといってよい。「満州を領有することを支持」（オーシロ『新渡戸稲造――国際主義の開拓者』一二五頁）していた新渡戸は、満州国建国にあたり、日本の国益が「人類の平和と福祉に貢献」する形で実現されると信じ、また主張したのだった。

新渡戸について、満州事変以降の「国際主義者らしからぬ変貌」（北岡「新渡戸稲造における帝国主義と国際主義」一九八頁）を指摘する向きもあるが、先に触れた朝鮮に関連する文章の存在をあわせて考えれば、日本にとっての「朝鮮問題」「満州問題」といった領土拡張に関わる問題では、むしろ一貫して「国際心あるナショナリスト」の態度であったというべきである。

愛国心に埋没されない人間像として見出された「国際心あるナショナリスト」がこういう問題を内包するものだったとすれば、次に私たちは、この人間像そのものについて問わなければならないだろう。新渡戸が生きた時代において愛国心と国際心の結合――あるいは調和――は重要な課題であると同時に、鬼門だった可能性がある。

四　近代人のジレンマ——国民的立場と人類的立場、そして中道

前述のように、新渡戸の「日本帝国の膨張」は愛国心と国際心を結合させたものであり、一貫して彼は、国際心と調和されない愛国心を「狂信的愛国主義」「病気」「偏見」といった言葉で否定した。先に紹介した「わが国最近の熱狂的愛国主義」では、遠くない将来に世界が「連邦化」したあかつきには、愛国者は自国への愛をまったく犠牲にすることなしに、「世界の良き市民となることができる」と述べている（全集第二十一巻、二八三頁）。「愛国者」＝熱狂的な愛国主義者の国を想う心が国際主義と衝突するものであることを、新渡戸が強く意識していたことがわかる。だが、熱狂的な愛国主義に限らず、ごく普通の個人の国を想う心も国際主義との衝突という問題から自由ではない。実は、この問題は倫理・哲学の分野において、十九世紀の終わり頃から二十世紀初頭にかけて展開された「道徳の進歩」をめぐる議論の重要な課題であった(8)。

（一）　加藤弘之の「進化論的功利主義」における「社会」、および個人の二つの立場

加藤弘之の「進化論的功利主義」は、ハーバート・スペンサーに代表される、生存競争を人間社会の進歩の法則と考える社会進化論と、ジェレミー・ベンサムに代表される、社会の幸福・安寧、最大多数の最大幸福を道徳原理とする功利主義を批判的に融合させたものである。加藤の思想を規

定している考え方は、人間の行為を決定づけるものは常に利己心であり、有機体としての「社会」は国家までに限定されるというものであった。彼によれば、国家以上の大きさの有機体＝社会はまだ存在せず、そのために国家間においては仮借なき利己主義的な競争が横行する。[9] この考え方は普遍主義を拒絶するものである。加藤は、「人類としての資格と国民としての資格」を同時にもつ近代の個人が、「人類」と「国民」、「世界」と「国家」の間で陥らざるをえない矛盾を問題にした。日露関係が複雑な局面を迎えていた一九〇三年六月のことである。この頃、国際関係との関わりにおいて、個人がどんな立場をとるべきなのかが強く意識されてきたのである。

加藤は、ヨーロッパの哲学者、宗教家、倫理学者などの矛盾を、次のように批判した。彼らは、他国の国民もみな同じ人間だからということで人間としての権利は尊重されなければならないとして、「人道」を主張し、戦争や他国への侵略の問題点を論じる。しかしその一方で、実際に自国が戦争を起こしたり、どこかの国を侵略して植民地経営したりすることに対しては強く批判しないばかりか、そんな状況を喜び、誇りに思うことさえある。すなわち、「人類」としての立場から世界的道徳を要求する彼らが、「国民」の立場からそういった国家行為を喜ぶのは矛盾だというわけである（加藤弘之「吾人が人類たる資格と国民たる資格とにおける矛盾」、『丁酉倫理会講演集』第十三号、一九〇三年、二〜七頁）。

さらに、個人は「人類」の資格と「国民」の資格を同時にもつため、一貫してひとつの立場をとり続けなければ、この矛盾に陥ると加藤はいい、矛盾に陥らない二例を挙げる。世界主義者としてもっぱら人類的立場をとって「国民」としての立場を無視するトルストイ、またそれとは逆に、「国家主義者」であるために国民的立場しか念頭にない加藤自身である。これに続いて加藤はこう主張する。国家の利益に合致する行為だけが「善」であり、したがって、自国の利益を犠牲にしてまで他国の利益を図ってはならず、自国の利益のためには他国の利益を犠牲にしてもいい（加藤「吾人が人類たる資格と国民たる資格とにおける矛盾」一七〜二〇頁）。この主張は、国家的道徳こそが重要であって、世界的道徳は問題にならず、個人は他国との関係において、あくまでも国家の利益を優先させなければならないというものである。

加藤の思想にみられる、国民／人類、または国家／世界のどちらをとるべきかという選択の問題は、帝国主義の時代に台頭してきたまったく新しい問題であった。ここで重要なのが、有機体としての「社会」の最大の範囲を国家に限定する問題である。極端にみえる加藤の思想だが、実はこれは同時代の日本の倫理・哲学の分野に通底する考え方であった。

（二）　国民的立場と世界的立場の間

加藤の論文が掲載された雑誌の同じ号には、吉田熊次の「道徳の進歩に関する論争」という論文（講演録）が掲載された。吉田はこの論文で、「道徳の進歩」に関する西洋の論争を整理しながら「道徳の進歩」説を主張した。彼は道徳の進歩の尺度として重要なのは、家族・種族・国民といった社会的関係＝公共の幅だと考える（図1）。すなわち、安寧と幸福を追求すべき「社会」＝公共という

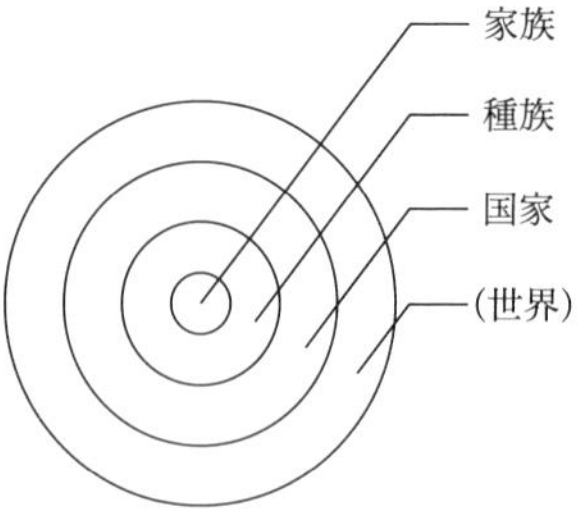

図１　有機的社会関係＝公共の範囲

ものを広く考えるようになればなるほど、進歩した道徳だというのだ。たとえば、家族の安寧・幸福を最優先させるより、国民の安寧・幸福を最優先させる方が、道徳的に進歩しているというわけだが、こう考えると、どこまでをその「社会」の範囲と認めるかが重要となる。彼は、利己主義は「道徳上幼稚のもの」だとする立場から、「偏狭なる国家主義」は「道徳上劣等のもの」だと考えたが、だからといって、「世界平等主義」を進歩的な道徳として認めるわけでもなかった。というのも、「人類」「世界」は「厳密な有機的な関係」なしに幅だけを広げた社会的関係にすぎない、とみたからである（吉田熊次「道徳の進歩に関する論争（下）」、『丁酉倫理会講演集』第十三号、一九〇三年、八四〜八五頁）。この考えをひとまずまとめてみると、「世界」はまだ有機体とはいえないから、最も広い「有機的」な社会的関係は「国家」だが、「偏狭なる国家主義」もまた道徳的な進歩とはいえない、ということになる。

しかしこれでは、「世界」だけでなく「国家」も、安寧と幸福を追求すべき「社会」としてふさわしくないということになってしまうが、吉田は次のように結論づける。今日において最も完全な社会関係を有する「国家」を「本位」とし、その利益を損ねない限りにおいて「一切人類にまで手を伸ばすべきである」。いいかえれば、「国家を中心として人類社会一般の進歩を助くること」が大きければ大きいほど「善」とみなすのが、道徳の進歩である（吉田「道徳の進歩に関する論争（下）」八五

～八六頁）（図２）。

吉田は国家中心的な思考から完全には抜け出せていないが、「偏狭なる国家主義」を否定し、世界的道徳に接近する傾向を示していたといえるだろう。現段階での最高の道徳的進歩として吉田が選んだのは、国家主義でも世界主義でもない、第三の道、いわば中道であった。「国家を中心として人類社会一般の進歩を助くること」と表現されるその中道的な考え方は、すでに確認したように、「国際心あるナショナリスト」を理想の人間像とした新渡戸のそれと完全に重なる。先の引用文にあったように、新渡戸は「世界有機体」という語を用いることがあった。その点では違いをみせているものの、全体としては、人々が国家・国民と世界・人類のどちらを選ぶべきかという岐路に立たされたこの時代の中道派だったのである。それは、国家主義を否定しつつも世界主義を選ぶこともできず――または愛国主義に拒絶感を示しつつも国際主義にどっぷり浸かることもできず――、道徳の進歩を模索して第三の道として選び取ったものであった。

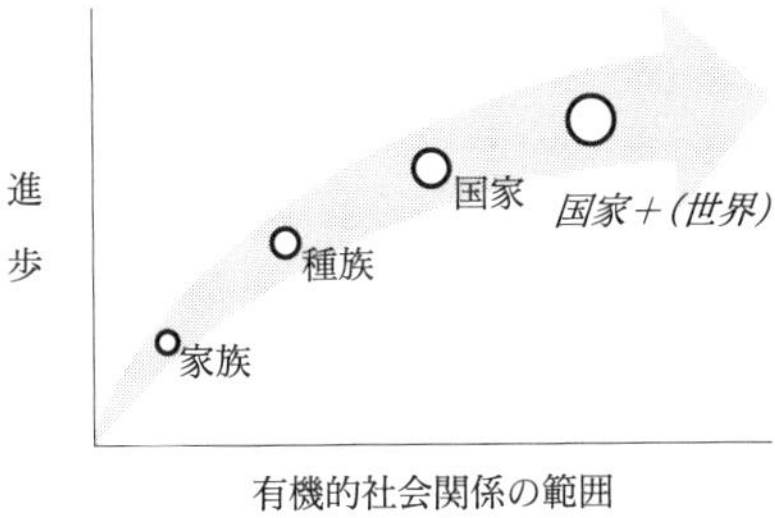

図２　有機的社会関係＝公共の範囲と道徳の進歩

もうひとつの例を挙げておこう。哲学者の井上哲次郎は、一九〇五年の講演で、「国家的道徳」と「世界的道徳」の調和を、次のように説いた。われわれは国家を存続させ発展させていかなければならないので、「博愛、人道、正義、信義、正直」といった「世界的道徳」の採用は、「国家的道徳を破壊せぬ限り」において許される。また、国家は不完全なもので、「絶えず改良進歩を要する」ため、「世界的道徳に照らし」、その「欠陥を補充」していかなければならない。「国家的道徳をして世界的道徳に適合」させていくことが必要なのである（井上哲次郎「国家的道徳と世界的道徳」、『丁酉倫理会講演集』第二十八号、一九〇五年、六二〜六四頁）。井上の講演録から見て取れるのは、国家的道徳を重視しながらも世界的道徳に接近していく傾向である。

ここでひとつ疑問が生じる。国民的立場に立ちつつ人類的立場に接近するという、ある意味で真っ当ともいえる中道的な考え方では、国益と世界的道徳が衝突する場合にどのような選択をするだろうか。中道とはいっても、この考え方が国家という枠を超えられていないことには留意が必要である。自国が他国を侵略したり、植民地として支配したりする場合、中道派は自らが否定する利己主義、愛国主義をもってそういった国家行為を単純に支持することはありえない。だが、その国家行為が国益につながるとみなされる限り、国益を損ねてまで人類的立場に立つ道も、中道派の論理上、見出せない。そこで彼らは、国家行為を倫理・正義で粉飾する——または国民的立場と人類的立場を無理に調和させる——ことで、他国に対する不当な国家行為を支持する。少なくとも、論理上はそうならざるをえないだろう。

新渡戸が愛国主義を拒絶し、国家との距離をとろうとしながらも、日本の領土的膨張を欲望し、人類的立場からその正当性を担保したことは、以上みてきた中道派のひとつの帰着点を示している。

「自国と自国民の偉大とその使命とを信じ、かつ自分の国は人類の平和と福祉に貢献しうると信じ」て行動すること――それがすなわち、帝国主義への道だったのだが――、それが中道派・「国際心あるナショナリスト」だった新渡戸の「愛国」の仕方だったのである。

五　石橋湛山と矢内原忠雄の場合――むすびに代えて

近代において国家を超えること、または国家との距離のとり方は、とても難しかった。とりわけ、一八六二年という、幕末期の激動の時代に生まれ、まさに国民国家としての日本が形づくられる時代を生きた新渡戸の世代にとって、国家は大きな呪縛だった。河合栄治郎が一九三〇年代はじめ頃の国家社会主義を論じる中で国家主義に言及した言葉が思い出される。河合は日本の対外関係を二段階に分け、「日本国民」が「外国の脅威と汚辱とに暴露されてゐた」第一段階は、「国家主義の横溢」の時代にならざるをえなかったと述べている（河合栄治郎「国家社会主義擡頭之由来」、『帝国大学新聞』第四二一号、一九三二年）。前述した中道派とは、国家との距離のとり方が困難だった、いわば「国家主義の横溢」の時代にあって、国家を超えようとして超えられなかった人々を指す名称といってい い。

国家との距離のとり方に関して、興味深い事例を提供してくれるのが、石橋湛山と矢内原忠雄である。この二人は、植民地や戦争などの国際問題において、新渡戸と大きく異なる道を選んだ。ある意味で、新渡戸を含む中道派の思想的課題に答える形になっているともいえる。この二人を引き合いに出すのは、筆者が述べてきた中道派の思想的課題の行方についてもう一歩進めて考えるためであって、比較のためではない。一八八四年生まれの石橋は新渡戸と二十歳以上離れており、一八九三年生まれの矢内原は大正デモクラシーの時代に教育を受けた、かなり後の世代である。単純な比較にはさほど意味がないともいえるだろう。

　大日本主義を痛烈に批判したことで知られる石橋湛山は、一九一三年頃から一九二〇年代にかけて、植民地をもつことの意義を否定し、小国主義による平和的な国際関係の構築を主張したが[10]、よく知られるように、その主張は「日本にとっての合理的な打算」(北岡「新渡戸稲造における帝国主義と国際主義」一九七頁)に基づくものであった。「恩」の「推《お》し売り」でしかない「人道」などの言葉を振りかざすのではなく、または「曖昧の道徳家」になるのではなく、「功利一点張りで行く」(石橋「まず功利主義者たれ」一七三〜一七四頁)べきだとするその主張は、研ぎ澄まされた現実感覚に支えられていた。とはいっても、朝鮮問題に関連して、支配される側への共感を綴った(石橋湛山「鮮人暴動に対する理解」、『石橋湛山評論選集』一八六〜一八九頁)石橋が道義的な視点を欠いていたとはいいがたい。彼の主張は、筆者が繰り返し使ってきた言葉でいうならば、国民的立場に徹する形で、何が本当の国益なのかを合理的に判断したものであり、それがまた、「国家」の枠を超え、人類・平和へと通じる道筋を示すものでもあった。

　矢内原は、日中戦争が勃発してまもなく、「国家の理想」と「国民の義務」を次のように説いた

（矢内原忠雄「国家の理想」、『矢内原忠雄全集』第十八巻、岩波書店、一九六四年、六二三〜六四一頁）。「正義とは人々が自己の尊厳を主張しつつ同時に他者の尊厳を擁護する事、換言すれば他者の尊厳を害せざる限度に於て自己の尊厳を主張する事」であり、具体的にいえば、「弱者の権利をば強者の侵害圧迫より防衛する事が正義の内容」である。「実力」と「主観的欲望」が異なる多数個人の社会的集団は、強者から弱者を防衛するというこの正義原則を前提として成り立つ。したがって、「国家の本質は正義」であり、「国家の理想も亦《また》正義」である。「現実国家の政策行動が正義に反する場合」、私たちは「正義に照らして現実国家を批判」し、「指導」していかなければならない。「現実国家自ら正義なりと声明する政策」でも正義に反しないとは限らない。

矢内原の議論はここから、国際社会の問題へと転じ、こう続く。正義原則は国内外を問わず、不変である。国際社会で強国が「自国生存上の必要と称して弱国の権利利益を侵害する」ことは、国内における弱者の権利の侵害と同様、正義原則に反するものであり、「国家の理想を裏切り、国家の品位を害するもの」である。正義原則は「平和として発現」する。すなわち、国際正義は「国家間の平和」として、社会正義は「対内平和」、すなわち「貧者弱者の保護」として発現する。軍国主義は「軍需成金」「戦争成金」を生む一方で、庶民の負担を加重させるものであるから、国際正義＝平和の維持は社会正義、すなわち国内の平和の維持にもつながる。「国民の義務」、「真の愛国者」的態度は、国家の「皮相の政策に迎合」せず、異論を唱え批判することで、「国家の理想の達成に協力する」ことである。矢内原は、「正義」という普遍的な価値、いいかえれば、世界的道徳の見地から、国民が自国を正義の国家へと導いていかなければならない、と説いたのであった。石橋は、国民的立場に徹することで、国家を超え、人類・平和へと通じる道筋を示した。それに対して、矢内原は、普遍的な価値という、国家を超えたところから、「国家の理想」、「真の愛国者」的態度を導き出した。一方は、あえて道徳的な見地を排し、もう一方もやはりあえて物理的な国益の見地を排することで成り立ったものである。

考えてみれば、国家の利益を損ねない限りで、人類に手を伸ばすべきだとする中道派の考え方は、物理的な要素が中心をなす国益と道徳とが固く結びついていることに起因するものである。新渡戸の帝国主義への荷担はその特徴を象徴的に表している。石橋と矢内原は国益と道徳とを分離させ、一方に徹することで、矛盾に陥らず、また国家と世界、国民と人類との通路を導き出したといえるだろう。

現代を生きる私たちも、国民の資格と人類の資格とをもち、新渡戸の時代の人々と同様のジレンマに陥りやすい。幸徳秋水が二十世紀の「怪物」[11]と呼んだ帝国主義ほどの「怪物」はなくとも、私たちは世界的な紛争問題、原発問題、領土問題、歴史問題など、国内外において日々重要な選択を迫られている。過去の思想的課題とその行方を知り、また理解することが大切であるゆえんもそこにある。

（1）これまでも、新渡戸の矛盾を直視する形でさまざまな指摘がなされてきた。たとえば、太田雄三『〈太平洋の橋〉としての新渡戸稲造』（みすず書房、一九八六年）は、新渡戸が人道主義を有しながらも「植民地で統治される人間側の視点」を欠いたことや、「強烈なナショナリスト」であり、「「常習的」日本弁護者」であった新渡戸が、「個人としては根拠がないと思っている議論を使って日本を弁護」するその姿勢が「職業外交官を思い出させる」といったことを指摘する（一二五、一三〇、一三六頁）。ジョージ・オーシロ『新渡戸稲造――国際主義の開拓者』（中央大学出版部、一九九二年）は、対外関係の状況が自分の理想や政治観とは合わなくなった満州事変の頃、新渡戸があえて行った日本弁護は、日本を含む列強の政策が「欺瞞と便宜主義によるもの」であることを知りつつ、「「最も近くにある義務を果たせ」というモットーに従い、国家への奉仕を優先する」道を彼が選んだものだという（二五一～二五二頁）。この指摘は日本のエリートとして、近代という時代を必死に生き抜いた新渡戸の生きざまを評価するものである。北岡伸一「新渡戸稲造における帝国主義と国際主義」（大江志乃夫他編『岩波講座近代日本と植民地　第四巻　統合と支配の論理』岩波書店、一九九三年）は、日本の対外政策に関わる、道義と高い理想に支えられた新渡戸の論理は、「文明と〔他民族に対する〕温情を媒介することによって、植民地を是認する議論となりえた」と述べる（一九七頁、〔　〕内は権による補足）。この指摘は、道義と理想が帝国主義と結びついてしまう道筋を描いたものである。

（2）　この二つのエッセーに関連する指摘や、新渡戸の朝鮮論全般についての記述の多くは、権錫永「新渡戸稲造の朝鮮亡国論」（『北海道大学大学院文学研究科紀要』第一二六号、二〇〇八年）と重なる。まったく同じというわけではないので、こちらも合わせて読まれたい。

（3）　George W. Gilmore, *Korea from its Capital: with a Chapter on Missions*, Presbyterian Boad of Publication and Sabbath-School Work, Philadelphia, 1892, p. 183.

（4）　第三節の（一）の内容は多くの部分で、権「新渡戸稲造の朝鮮亡国論」と重なる。

（5）　北岡伸一は満州事変前の新渡戸の中国批判に触れて、「新渡戸においては、国際関係の主要なアクターは、自ら自国の問題をマネージできる国」だったとし、「主権国家としての責任を果たせない国はその権利を要求できないと新渡戸は考えていた」と述べている（北岡「新渡戸稲造における帝国主義と国際主義」一九七～一九八頁）。この傾向はすでに日露戦争の頃の新渡戸の朝鮮関連の文章にも明確に現れている。

(6) 権錫永「日本の初期帝国主義論と道徳をめぐる言説――国家的道徳と世界的道徳、もしくは国民的立場と人類的立場」（原題：일본의 초기 제국주의론과 도덕 담론 ─ 국가적 도덕과 세계적 도덕、또는 국민적 입장과 인류적 입장 ─）『史林』第四十五号（二〇一三年）、二〇～二二頁。

(7) 満州事変以降の新渡戸の行動とその問題点については、太田『〈太平洋の橋〉としての新渡戸稲造』が詳しい。

(8) この問題全体については、別稿（権「日本の初期帝国主義論と道徳をめぐる言説」）で詳細に述べたことがあり、本章における「道徳の進歩」に関わる議論は、多くの部分でこれと重なる。

(9) 関連する著作に、加藤弘之『強者の権利の競争』日本評論社、一九四二年（初版は一八九三年）、同『道徳法律之進歩』敬業社、一八九四年、同『道徳法律進化の理』博文館、一九〇〇年、がある。

(10) 石橋湛山「我に移民の要なし」、「まず功利主義者たれ」、「一切を棄つるの覚悟――太平洋会議に対する我が態度」、「大日本主義の幻想」など。それぞれ『石橋湛山評論選集』東洋経済新報社、一九九〇年、一五五～一五八、一七一～一七四、一九七～二〇一、二〇二～二一八頁。

(11) 幸徳秋水『帝国主義』（岩波文庫、二〇〇四年）の初版は『廿世紀之怪物帝国主義』（警醒社書店、一九〇一年）であった。

第III部　パネルディスカッション

人文学研究のグローバル化とその可能性

パネリスト
トレント・マクシ（アメリカ・アマースト大学准教授）
ミシェル・ラフェイ（北海道教育大学准教授）
権　錫　永（北海道大学大学院文学研究科教授）
日　野　峰　子（会議通訳者）
白木沢旭児（北海道大学大学院文学研究科教授）

はじめに

――ただいまから、国際シンポジウム「新渡戸稲造とこれからのグローバル化」第二部のパネルディスカッションを開催します。本日のシンポジウム第一部では「国際人 新渡戸稲造」と題して、トレント・マクシ先生、ミシェル・ラフェイ先生、権錫永先生に講演いただきました。この第二部のパネルディスカッションには、講演された三先生のほか、日野峰子さん、白木沢旭児先生のお二人に加わっていただきます。

さて、パネルディスカッションのテーマは「人文学研究のグローバル化とその可能性」です。ここでは、第一部の講演内容を踏まえながら、主に二つの話題を取り上げて討論しますが、詳細については、みなさまに配布のパンフレットをご覧ください(左記参照)。

（一）国際社会で、日本、日本人に求められていることについて

国際化の必要がいわれてから久しいですが、現代の日本では、国際化が進んだと思う場面と、逆に国境の壁を強く感じる場面があるように思われます。本日の新渡戸稲造に関する講演の中で示された明治の日本人が成し遂げた国際化と比べて、現代の日本人はより進んだ国際化を成し遂げていると見てよいのでしょうか。

日本人は、外国人に比べて、国際社会への対応が下手である、という印象がいまも昔も語られています。学校教育課程で、英語を八年間以上、学習したにもかかわらず、その英語は通じません、といわれると、黙ってしまいます。いったい何年間、勉強すればできるようになるのでしょうか。日本人が国際社会に対応するというのは、どういうことなのでしょうか。

（二）国際化の中で、大学、特に文学部のできること、果たす役割について

昨今の日本の大学においては、外国人留学生の受け入れ、日本人学生の海外留学への送り出

しといった双方向の国際化の必要が強く認識され、実行に移されています。国際化を進め、グローバル人材を育成するとは、どういうことなのでしょうか。また、その阻害要因となっているものは何なのでしょうか。

大学の文学部では、従来、哲学・歴史学・文学・心理学・社会学などの学問分野について深く研究してきました。また、英語はもとより、多様な外国語を研究・教育してきた歴史があります。国際化が求められる現在、文学部に期待されることは何なのでしょうか。また、文学部出身者にできることは何なのでしょうか。

また、この二つの話題に関しては、すでに会場からご意見・ご質問などをいただいております。それらは、パネルディスカッションの中で取り上げる予定です。

それでは、パネルディスカッションを始めるにあたり、新たにご参加の日野さんから、自己紹介をお願いします。

（日　野）

みなさま、こんにちは。会議通訳者の日野峰子と申します。

あらかじめ「海外での活躍の経験などがあれば、自己紹介にそれを書いてください」といわれたのですけれども、基本、通訳しかしておりませんので、書きようがなく、どんな仕事をしてきたか、列挙しただけになってしまいました。

北海道大学には、一九七九年に入学し、卒業以来、ずっとフリーランスの通訳者をしております。非常にラッキーだったとも思えるのですけれども、過去においては、北海道でも、あるいはその後、東京に出ても、駆け出しの通訳者が自分のスキルを磨く機会は割とあった時代だったのですが、昨今ではそういう機会もなかなかなくなりました。現在では、私も後進の指導にあたっておりますが、通訳業界の事情をちょっとお話ししますと、インハウスといいまして、通訳を必要とするような企業さんが自社内に社員として、あるいは派遣社員として通訳者を置くことが非常に増えてきて、それが若手通訳者のキャリアパスとして定着しつつあります。実は、そんなことも、二十年ほど前に通訳学校で教鞭を執り始めた頃にはあまりなかったことでした。ですので、そのあたりも、日本国内における通訳者の使い方の変化を反映するものかもしれません。

本日は、アカデミズムのみなさまに混ざって、本当に私なんかがこんなところに座っていて大丈夫なのかしらと思うのですけれども、一応、現場の人間として、実体験というのはそれなりにパワフルなものではないかと思う面もありますので、そんな側面から少しでも貢献することができればと思っております。

――グローバル化というテーマを考えたとき、語学の話は必ず出てくると思います。そのあたりは、日野さんにうかがっていきたいと思います。続いて、白木沢先生、自己紹介のほど、よろしくお願いします。

（白木沢）

北海道大学大学院文学研究科の白木沢といいます。専門は日本近代史です。今年二月に『日中両国から見た「満州開拓」――体験・記憶・証言』という本を出版しました。これは、中国にインタビュー調査に出かけたり、逆に中国の先生に日本に来てもらって、一緒に作った本です。最近、日本近代史も、こういう形で日本以外に出かけていき、国際交流しながら研究するということは、徐々に増えてきております。これとの関係で、いま中国人留学生がすごく増えています。私のところも含めて、文学研究科にたくさん来ます。そういう国際交流の現状みたいなことをお話しできればと思います。

私自身は、留学経験もなくて、英語もまったく話せなくて、まったくグローバル人間ではありません。どうしたらグローバル化できるかということも、ぜひ教えていただきたいと思います。

一　日本の国際化の現状

――先に述べたとおり、本日のテーマは「人文学研究のグローバル化とその可能性」ですから、まず、国際社会において日本人に求められることは、いったいどんなことか、ということから考えていきます。ここに並んでいらっしゃるみなさんは、それこそ、各国を股にかけて活躍しておられる方々ですので、お話をうかがうだけで、国際化のヒントを得られるのではないかと思います。

それでは、まず、いまの日本の国際化は後れているところがあるのか、日本人のグローバル化というのは現状どうなのかということについて、アメリカからお越しのマクシ先生はどのようにお考えですか。

（**マクシ**）

私は、あまり包括的なコメントはできません。あくまでも、私が見ている立場からお話ししたいと思います。

私が勤めているアマースト大学では、いま学生の出身地の多様化が進んでいます。アメリカ国内のほぼ全州から学生を集めていますし、いろいろな所得層からも学生を集めています。そして、インターナショナルにたくさん集めています。国際留学生に奨学金を与えたりしています。たとえば、水道も電気も通っていないようなケニアの村からも学生が何人か来ます。そして、一番目につくのは、韓国、中国、インドネシア、シンガポールといったところの学生で、うちの大学に直接入学してきます。しかし、そういう形で入学してくる日本の学生は、ほとんどいません。

うちの大学は、内村鑑三[1]や新島襄[2]が卒業し、日本研究がとても盛んな大学なのですが、日本の学生が来ません。私は、それをとても悔しく思いますが、その理由は、いたって簡単だと思います。

アメリカの大学で学位を取って、日本で「ためになる」という実感を日本の学生はもたないのです。ですから、教育現場でできることと、結局そういう海外での経験を積んだ人材を活用する努力をする企業、または国家機関の問題があると思います。海外から帰ってきた人材を雇いたがらない、煙たがる傾向が日本国内にあるかと思います。アメリカの大学で学位を取って、トヨタに就職したけれども、発言をすると、「君はアメリカナイズされているね」といわれる（笑い）。「協調性がないね」といわれる。それでは、海外に行った意味がないではないですか。

要するに、外から来るものは、全部「異物」にされてしまうということが、企業レベルなどであると思うのです。要因は、たくさんあると思うのですが、少なくとも学生が海外に出て、学位を取り、経験を積んで国内にもって帰るというループがなかなか日本にはない。しかし、韓国や中国では、それができあがりつつあります。その違いは、かなり明瞭に見えると思います。

――いまのご発言について、権先生はどのようにお聞きになりましたか。韓国・中国の学生と日本の学生との留学の違いの話が出てきましたので。

（**権**）

韓国からは、早期留学という形でアメリカにたくさん渡っています。英語教育を受けるということで、小学校あるいは中学校の早いうちから行って、そこで大学に進学するという事情があります。また、大学に進学して勉強して帰れば、しっかり働く場所が確保できるという側面もあります。国内において受験戦争があるわけですけれども、そこで揉まれて成長の芽を摘まれるよりは、早いうちに外国に出て、そこでしっかり英語を身につけ、西洋的な考え方も身につけ、競争力をつけて帰る――そういう土壌が、度が過ぎるというところもありますけれども、韓国にはあります。

――先ほどマクシ先生から「日本の学生が日本の企業に戻ったときに、「異物」視される」というお話がありました。韓国の企業風土にはそういうものはないのでしょうか。

（権　）

韓国では、それがないと思います。はっきりはわかりませんけれども、韓国人は非常にアメリカ的であるともいわれます。非常に活発ですし、アメリカで勉強して帰って、浮いてしまうことはない社会と見ていいと思います。意見もビシバシいいますし、あまり遠慮が必要とされない社会ですので、日本とは大きな違いがあるのではないかと思います。

――日本の歴史とか文化とか、そのあたりにも考えを及ぼしていかないと、なかなかグローバル化というのは語れないと思うのですが、ラフェイ先生は、どうお考えでしょうか。

（ラフェイ）

私は、いま北海道教育大学で、英語の教員になりたい人たちを教えている立場なのですが、やはり留学する人たちは少ないと思います。その原因は、タイミング的なものにあります。留学する時間がないのです。すなわち、採用試験とか、いろんな実習があるので、一年休んで行くと卒業が一年遅れることになります。

私も何回か学生に相談されたことがあります。留学したいけれども、五年卒業になるというわけです。それで帰ってきたら、就職活動をするときに、留学したことが悪く見られる。つまり、五年かかって卒業したと。だから、留学を遊びというか、悪いことだと見ている学生が多いのではないかと思います。私は、そうではなく、ちゃんとアピールすれば、会社も理解してくれる、というのですけれども、そうでもないかもしれないということもあって、それはこれから変えなければいけないと考えています。

あとはお金の問題ですが、これはいつの時代にもあることだと思います。

二　グローバル化と海外留学

――国際化、グローバル化というテーマから、留学の話題が最初に出てきました。今後、日本が国際化、グローバル化していく中で、留学の必要性、留学の重要性について、日野さんはどのようにお考えですか。

（日　野）

基本的に、留学して、いったい何を身につけて帰ってくるのかということがあると思いました。ただ単にアメリカナイズされて帰ってきて、協調性だけなくしてきたということになってしまえば（笑い）、せっかく留学をして、いったい何だったの、ということにもなるのだと思うのです。

ただ、国際化するために本当に留学が必要かといわれたら、私は、決してそうは思いません。いまや本当にボーダーレスの時代ですし、どのような情報であれ、あるいは語学を身につけたいと思ったときのさまざまな教材になりうるものであれ、探そうと思えばインターネットを介して指先で手に入ってしまう時代です。ですから、本当に留学をしなくてはいけないかといわれたら、決してそうではないと思います。また、留学をしたことによって身につけられるものは、個人差が大きく、さまざまだと思いますが、留学するのであれば、留学した先で徹底的に何かを極めて帰ってくる覚悟をもつべきだろうと思います。そういう意味において、一年間の留学に意味があるのかどうかというのは疑問です。

一時、海外で、特にアメリカの大学院でＭＢＡを取るというのがはやった時期がありましたけれども、たった二年で本当に何か役に立つことが身についたのだろうかと疑問に思うことがあります。仕事の現場で、そうやって留学しました、それで帰ってきましたという方にお目にかかることがあります。せっかく一年、二年行っているにもかかわらず――これは英語力に限った話ですけれども――それによって、たとえば英語力を十分に身につけられたかといいますと、それができた人は本当にわずかだと思います。

そういう意味においては、留学すれば何かが手に入ると思うのは甘すぎるのではないかと思います。留学を何のためにするのかという目的意識をはっきりもった上で、実際にしっかり身につけて帰ってきてはじめて、それは意味をもつものではないかと考えています。

――白木沢先生は、大学で学生を指導される立場から、いまの話をどのようにお聞きになりましたか。

（白木沢）

　私たちが受け入れている留学生は、大学院の修士課程に入りたい、博士号を取りたいという考えで来ます。つまり、北海道大学で学位を取りたいということで来ますが、私たちが送り出そうとしている北大生は、外国の大学に行って、修士号を取ってこい、博士号を取ってこいではないのです。むしろ、四年間で卒業するというプランの中で、三年生の一年間、アメリカに行って語学力を磨いてくる。その留学経験をもって、単位はその三年生のときのアメリカの大学で取った単位を北大の単位に認めてあげる。そうして、四年間で卒業を可能にしようとしていますので、日本に来ている留学生の目的と違うという感じを、日野さんのお話を聞いて思いました。

　それはなぜかというと、やはり日本の大学の偏差値序列の中で、海外の大学は序列に入っていないからです。ですから、何とか大学卒業の資格で企業に行きたい、就職したいという場合に、それがオーストラリアの何とか大学になってしまったら、偏差値序列はわからないわけです。それがあるので、日本人の学生は、日本の大学の中で、なるべく偏差値が高い大学を出ておかないといけないと考え、留学をするとしたら、英語を磨くために学年の途中で行って帰ってくるわけです。すると、中国、韓国からの留学生が多いのですけれども、世界各国から私たちのところに来ている留学生と狙いが違うといいますか……私たちは、一年間行くだけでも偉いと思っているので、なるべくその一年間、海外に行って、語学力もその間に磨いた方が……行かないよりは絶対にいいと思うのです。私は、留学経験がないのですが、そういう点でいうと、グローバル人間、グローバル人材に一歩近づけるのではないかという期待をしています。

――留学は、さまざまな文化に触れるという点ではよいことだと思うのですが、グローバルな人というのは、どんな人なのでしょうか。そもそも論になってしまいますが、マクシ先生、どのようにお考えですか。

（マクシ）

そもそも論でいえば、結局、一律には存在しないということですね。だから、多様性に慣れ親しむことがグローバル化だと思うのです。

留学の話に戻していいますと、うちの大学で留学生を受け入れる理由は、結局、アメリカの学生の教育につながるからです。ほかの国から学生を受け入れて、ほぼ全寮制の大学ですので、共同生活を送ります。ルームメイトとなる。まったく違う文化をもった人とともに住む行為が勉強になる。そして、小さい授業をしますので、ディスカッションするときに、まったく観点の違う視点が議論の中に入ってくる。そういうことは、別に海外に行かなくても、留学経験みたいなものにつながると思うのです。ですから、グローバル化といって必ず多言語化するわけではなくて、自分と異質なものと交渉する経験、交渉する力をつける、ということがグローバル化ではないかと思います。

もうひとつ付け加えるのであれば、留学するときにまず必要なのは、言語教育です。日本の大学の現場で一番改善されうることは、言語教育だと思います。うちの大学では、日本語の授業は週五日です。そして、定員は、一クラス十五人以下です。授業、ドリルを週五日、四年間やります。四年間やって、パナソニックに就職した卒業生がいます。英語であれ、フランス語であれ、韓国語であれ、少数精鋭でやらないと会話能力は身につかないわけです。そういう形での教育をやらないと、海外に行っても何も得るものがない。まずこっちでやることをやって外に送り出さないと得るものがない、ということも念頭に置いて議論しなければいけないと思います。

三　グローバル化と外国語の学習

――そもそも言葉の勉強というのは重要で、そうした学習から始まるといったところもあると思いますが、日野さん、どうでしょう。

（日　野）

言語の問題、語学の問題というのは、おそらく多くの方が感じていることかと思うのですが、グローバル化に本当に外国語が必要かどうかといえば、必ずしもそうではないように思っております。グローバル化ということに関して限っていえばですけれども。

ただ、本当に外国語を極めたいということであれば、マクシ先生がおっしゃるとおり、かなりインテンシブな教え方をしなければ身につくものではないと思います。

先ほど例に挙げました、二年間向こうにMBAで行って帰った方でも必ずしも話せるようになっていないということがあります。昔、「英語のシャワーを浴びる」みたいな言葉がありましたけれども、ただ単にそのような環境に自らを置けば何とかなるというものでは決してない。やはり意識的に学習しなければ、語学というものは身につくものではないと私も思います。ですので、しっかりと話せるようになってから留学先に送り出してやるべきではないか、というマクシ先生のお話は、まさにそのとおりだと思います。

――ラフェイ先生は、現在、日本の学生に英語を教えておられますが、日本人に対して英語を教える難しさなどについて、どのような感想をおもちですか。

（ラフェイ）

北大の大学院生のとき、日本人の友人と家を借りて、一緒に住んでいたことがありました。彼女はいつも「英語を勉強したい」といっていました。「では、部屋に帰ってから英会話をやりましょう」ということになりましたが、彼女は、帰ってきて「アイム スリーピー グッド ナイト（I'm sleepy. Good night.）終わり！」ということで（笑い）、それ以上の会話はありませんでした。その後、ドイツに行って、ドイツ語を勉強したということです。彼女の場合、やはり日本語が一番簡単な言語で、簡単な言語に流れてしまうというところがありました。ですから、よほどの心がけがない限り、外国語を使うということをしません。

私は教育大学で、英語の教員になる学生を教えていますが、これで大丈夫なのかしらというようなレベルの学生がいて、ときどき心配になることがあります。私が卒業したアメリカの大学では、外国語の教員になりたい人は一年間の留学が必修でした。つまり、自分が教える言語の国に行くことが必修でした。二〇二〇年に東京でオリンピック・パラリンピックが開催されるのに向けて、中学・高校の英語の教員は、採用三年目に必ず三ヶ月間、海外留学させるというプランがあると、最近の新聞で読みました。それも成功するかどうかは、これからの問題です。

私は、二十二歳のときに日本に来て、はじめて日本語に触れました。アメリカでは、一切、日本語を勉強しませんでした。大学には日本人の先生がいましたけれども、その先生は日本語をしゃべったことがありませんでした。ということで、二十二歳から日本語を勉強したのですが、「おはよう」以外、日本語は何も話せませんでした。ゼロから始まりました。

外国に行くということは、自分を知る、ということです。自分を知ることができるのは、非常に大事なことです。語学以外のことで得ることは、非常にたくさんあります。まず、外国に行って何もしゃべれないと、どうやってほかの人とコミュニケーションをとるかということになります。ですから、コミュニケーションは言語だけでとるのではない、といつも学生に教えているのですけれども、自分が伝えたいことをジェスチャーや表情でどのように伝えられるか、非常に勉強になります。

あとは、やっぱり自信がつきます。自分の国にいるように安全なところにいると、自分が伸びないところがあります。冒険して、いままでやったことのない恐ろしいことをやると、必ず伸びます。どう伸びるかはいろいろです。外国に行って合わない人がいても、それはそれでいいと思います。自分がそれを発見したということで、帰ってきて、何かを終えて話すときに、その体験が多分どこかに伝わります。だから、いろんな意味で自分を磨き、語学だけではなく、もっと抽象的なところでいろいろなことが得られることが、留学の大切なところだと思います。インターネットでいろんな人と知り合って話はできるのですけれども、その場でどうするかということが大事なことで、それこそが人間をインプルーブするのだと思います。全員が一回ぐらい留学した方がいいと思います。

四　グローバル化と「寂しさ」

――同じように、留学経験のある権先生は、どうですか。ご自身が最初に日本に来られたときの印象などを含めてお話しください。

（権）

私は、グローバル化のひとつのあらわれというか、ひとつの結果として、海を渡ってきて日本で暮らしているわけです。この場合のグローバル化というのは「寂しくなること」と自分は感じるのです（笑い）。これは友人がいないからとか、親戚がいないからとか、そういうことではなくて、国境を渡ることによっていろんな経験をして、先ほどの講演につながりますけれども、国家を超えてしまうのです。外に出て、他者になってしまう。私がよく意識しているのは、「境界に立つ」ということです。「境界に生きる」といってもいいかもしれません。私は、ある意味で完全な韓国人でもなく、だからといって日本人でもありません。韓国に行くと、あるいは日本にいて韓国を考えるときにも、どこかに属さない、完全な形では属さないというのは「寂しいこと」なのです。しかし、そういう形で、他者としてどちらの社会も冷静に見ることができるのは、大きな利点でもあります。もうひとつの利点は、自己合理化しているのかもしれませんけれども、私のようなどちらから見ても「他者である」ような人間というのは、この社会にものすごく必要だと、私自身は思っています。私は、腰痛持ちですけれども、腰の筋肉でいいますと、筋肉がぱんぱんに張ってしまうと、いずれぎっくり腰になってしまいます。それは社会についてもいえることで、ある社会があるひとつの考え方で凝り固まってしまうと、いつかぎっくり腰のような現象を起こしてしまうと思うのです。そういうときに、社会にも亀裂を入れる存在が必ず必要です。私たちは、筋肉が張ったときにマッサージをしてもらったり、あるいは鍼《はり》をうってもらったりして筋肉をやわらげますが、それは要するに、筋肉に傷をつけることです。それで、うまく血が循環するようになるわけです。人間の筋肉の場合は、そのように亀裂を入れることが必要ですけれども、それは社会にも必要なのです。

私が日本においてある発言をする、あるいは韓国に対してある発言をする。それはいずれに対しても亀裂をもたらすということなので、「寂しくなる」あるいは「他者になる」というのは、とても重要なことだと思います。それは国境を渡ることによって可能になります。しかも、長年の生活というものが必要になるかもしれませんけれども、それは大いに意義のあることではないかと思います。

――グローバル化に「寂しさ」が伴うというのは、すごく印象に残る表現だと思いました。マクシ先生は、日本で暮らして、その後、アメリカに渡ったとうかがっておりますが、グローバル化に伴う「寂しさ」のようなものをお感じになったことはありますか。

（マクシ）

私は、よく小津安二郎《おづやすじろう》の映画「東京物語(3)」を教材に使うのですが、そこにも「寂しさ」があるわけです。別に国を超えなくても(笑い)、家族、故郷をなくすという経験はあるわけです。だから、別に国際化うんぬんの話だけではないと思うのです。

でも、個人的な話で「寂しさ」といえば、私は、日本で生まれ育って、家に帰るといえば、鹿児島に帰ることです。帰って、私がおむつをつけていた頃から知っている人が、つい昨年「日本語、上手だね」というのです(笑い)。褒め言葉ではあるのですが、実はそうではないのです。僕からすれば、当たり前ではないですか。それを当たり前として受け入れてくれないところに「寂しさ」を感じます。故郷とさせてくれないという「寂しさ」を感じます。

――いまのお話について、白木沢先生はどう思われますか。

（白木沢）

私たち日本人の社会では、「外人」というのは、失礼な言い方だとされていて、最近、使わなくなりました。それで「お雇い外国人」というのです。だから、マクシ先生のお話も、久しぶりに会ったその人も、外人としてマクシ先生を見ていて、それこそ「箸を使って上手ですね」と同じような発想ですね。ですから、日本の中で「外人」というのは、私たちとは違う人というのは、昔もそうでしょうし、いまも確かにそういう見方はあると思います。ですから、異質なものが目立ってしまうというか、それで異質なままでいてしまう。

ただ、欧米の方と居酒屋に行って、掘りごたつではなくて畳の場合に、こっちも困りますよね。それで「畳だけど、大丈夫ですか」などといってしまいます。なので、そこは、欧米人は日本人と習慣が違って、畳に座るなんて苦痛だろうと思っているのです。ですから、そこは、ある意味では配慮しているかもしれないのですが、配慮しているつもりで実は、先方から見たら失礼な言い方をしているかもしれないですね。「箸を使うのが上手」と褒めてしまいますよね。だけど、アメリカでは普通に使うらしいのです(笑い)。

五　グローバル化とコミュニケーション

――日野さんは、たびたび海外に出かけられますが、「上手ですね」といわれることはありますか。

(日　野)

「英語が上手ですね」と褒められます(笑い)。いまのお話は、非常に面白いと思っていました。

ちなみにマクシ先生、母語はどちらですか。

（マクシ）

両方です。

（日　野）

完璧なバイリンガルでいらっしゃいますよね。母語というのは……母国語という言葉もあるのですけれども、言語をやる人間は、マザー・タング（mother tongue）のことを母語といいます。

ちょっと関係のない話になってしまうかもしれないのですが、きょうは「超える」という言葉がたくさん出てきています。ミシェル先生は「国際化を超えて、グローバル化へ」というような文脈で講演をなさったと思うのです。「超える」というニュアンスがあるということは、要するに、国際化というのは、インターナショナル（international）なので、ナショナル・ボーダー（national border）、つまり国境が存在することを暗に示していて、それに対して、グローバル（global）といったときには……グローブ（globe）というのは地球ですから、地球的な巨視的な観点から見ると、そこには国境も何もない。そういうあたりが、ひょっとすると、国際化とグローバル化の違いではないかと思います。

あとは、権先生の講演の中でも、上手な愛国によって「国家を超えられる」ということで、これもやはりひとつのキーワードだったと思います。その「超えた」ところに普遍的な価値が見出せるのではないかという話があったのがとても印象的でした。

実は、いま日本人が本当にグローバル化したいと思ったときに、個人として「超えなくてはいけない」のは、英語の縛りではないかと思うのです。これまでのお話の中にもありましたけれども、国際化をしよう、グローバル化をしようと考えたときに、その基礎にどうしても英語がなくてはいけない、という思い込みが存在しているのではないかと感じています。それは、私には決して正しい見方ではないように映ります。英語が話せなくてはグローバル化ができない、国際化ができないという考え方こそ、個人として私たちひとりひとりがまずは「超えなくてはいけない境目」ではないかという感じがしています。

――現実問題として、言葉でコミュニケーションがとれないとどうしたらよいのだろうと思ってしまいますが、そのあたりはどうですか。

（日　野）

通訳者をお使いください（笑い）。それはともかく、以前携わった医学系会議の話をさせていただきます。

本来、通訳者には事前に資料を渡して勉強させてくれないと、通訳者はコミュニケーションのプロではあるけれども、その会議で語られるテーマ――domain expertise というのですけれども――に関する専門家ではないので、通訳が成立しないのです。ですので、会議のたびに、ものすごい量の勉強をします。事前の準備がとても大切なのです。その会議は、そういう意味では、大変、専門的であったにもかかわらず、主催者が不慣れだったものですから、なかなか資料を集めてくれず、挙げ句の果てには、講演者の方々のEメールのリストを送ってきて、「通訳者の方から連絡をとって集めてくれ」といいだす始末です。本当に、ありえないと思ってびっくりしました。仕方がないので、いろいろな先生にメールを書いて、これこれこういう事情で、私が通訳を担当させていただきますので、ぜひ事前に勉強したく資料をいただけませんでしょうか、とお願いしました。それで応えてくださっていくつか集まり始めたのですが、ある日本の先生が返事をくださいまして、私はすべての先生に英語で送ったので、日本のその先生も英語で答えてくださったのですけれども、そこに書かれていたのは「通訳があるなんて、聞いていません。これは国際会議であるからして、私は英語で発表します。別に通訳は必要としませんので、資料はお渡ししません」。完全に国際会議を誤解している。英語だけで行われたら、それは英語の会議であって、国際会議ではないのです。

本来、国際会議というのは、マクシ先生のおっしゃるように、「多様性が集まる場」であるべきです。だとするのであれば、日本人が英語に若干自信がなかったとしても、自分が発表する内容に自信があれば、堂々と日本語で発表すればよいのであるし、会場の中に英語を理解することができない人がいた場合に、その人たちを排除するような態度をとっては絶対にいけないと、私は思っています。たとえば、フランスの方々、ときによってはドイツの方々……ドイツの方々は、それほど頑固でもないですが、フランスの方々は、本当にフランス語を大切にするので、ご自分で十分に英語もわかるし話せる人であっても、会議の場では、かたくなにフランス語で発言します。それこそが、本来、グローバル化する世界における愛国心をもった国民のとるべき立ち位置ではないかと思っております。

――わかりました。言葉でコミュニケーションがとれないときは、堂々としていればよいのだと思いました。でも、英語の話になりますが、英語教育ということを考えたときに、日本において、何でこれだけグローバル化という話がされるかというと、英語をなかなかしゃべれない国民であるから、ずっとグローバル化といわれ続けているような気もします。そんなことはないのでしょうか。白木沢先生、日本人の英語力について、どのようにお考えでしょうか。

（白木沢）

みなさまにお配りしたパンフレットに、本日のディスカションの話題のひとつとして「学校教育課程で、英語を八年間以上、学習したにもかかわらず、その英語は通じません、といわれると、黙ってしまいます。いったい何年間、勉強すればできるようになるのでしょうか」と記されていま す。要は、英語を学習した経験年数は、世界でもトップクラスというほど長いと思います。それから、大学入試で英語を課さない大学はほとんどないと思うので、どんな学部に行く人も、英語のテストをクリアして合格しているわけです。ですから、偏差値の高い大学であれば、英語の相当できる人が集まっているのだけれども、グローバル化はこれからという話になっていて、留学をいかにさせるかという話になっているわけです。ですから、まさに英語を話せないというのが大きな問題なわけです。

私個人は、海外にはその国の先生と一緒に行くので、日本語しか話せなくても済んでいるのです。ただ、それは恥ずかしいわけです。一応、研究者なので、自分が研究対象にしている、行き来するような国の人とのコミュニケーションは、日本語以外でひとつぐらい何かできた方がいいと思うのです。それは、もちろん英語でなくても、韓国語でも、中国語でも、いいのですけれども、英語は、一応、最大公約数です。

サハリンの先生方は、ロシア語と英語を解する先生が何割かいます。それで、日本側からもロシア語のできる先生が必ずついていくのですけれども、その先生に頼っていると、通訳がパンクしますから、やっぱりわれわれ日本人の方でも、せめて英語ができれば、ロシアに行って、英語ができるロシアの先生とのコミュニケーションが可能になるわけです。ですから、最大公約数としての英語はできた方がいいのだろうとは思います。

ただ、まさにいまのお話のように、英語に自信がないがために、そこにばかり対策といいますか、教育が集中して、それがグローバル化教育だと思われるのは、確かに間違っていると思うので、そこで誤解をしないような、誤った方向にならないような形での英語なり、コミュニケーションの強化というのは、必要だと思っています。

六　他国におけるグローバル化

――いま日本のグローバル化というところで、英語教育の話になりましたが、グローバル化といったときに、たとえば、ロシアの人とかフランスの人は英語習得から始めようとは思わないわけですよね。

するとグローバル化という話を聞いたときに、国によってどんなことをイメージするのでしょうか。韓国では、グローバル化というと何から始まるのでしょうか。また、アメリカの人は、グローバル化というのは何から始まるのでしょうか。英語を習得しているわけなので（笑い）、どこから始まるのかというのが、いまふっとわいた疑問です。アメリカの人は「じゃ、グローバル化しようぜ」という話にはならないのですか（笑い）。もうグローバル化されているのですか。そもそも、そういう話題にならないのでしょうか。

（**マクシ**）

ぶっちゃけた話なのですが、アメリカは帝国なので、世界は帝国に来るのですよ（笑い）。だから、

「国際化」という問題意識はもてない国なのです。だから、まったく異文化経験のない人が大多数です。アメリカにも田舎はあります。だから、それこそ州境を越えたことのない人もいるわけです。そういう意味での異文化経験というのは大変問題でありますし、国語というものをすごく保守的に捉える問題もあります。

たとえば、スペイン語をしゃべる人口が年々増えています。では、学校でスペイン語を並列で教えるのかとか、税務署でスペイン語の書類を作るのかとか、そういう問題を議論する機会が増えています。そうすると、「いや、アメリカは英語の国だ」というような捉え方をするのですが、「いや、多言語の国でもいいではないか」という議論がいまアメリカで行われています。だから、「中での多様化」という問題をアメリカも抱えています。だから、私は、グローバル化というものを海外留学だとか、複数の言語を習得することとかに限定して考えることに、ちょっとためらいを感じます。

日本の話に戻せば、私は歴史家ですので、日本の過去は、異国であると。日本の過去の言葉も他言語であるということです。だから、候文《そうろうぶん》を読み始めると、それも異文化経験なのだということを念頭に置いて考えた方が、すでにある意味、グローバル化というか、多様性との対話というのは、日本で十分進んでいるのです。ただ、それを多様化として認識していないだけだと思うのです。

だから、それをすべて均一な国民史、一国史的な学問領域として設定することが問題なのであって、異文化経験というのは、そこにもうゾロッとあるわけですよ。この部屋にいる人の数だけ異文化はあるわけです。この部屋で成立する会話の数だけ、通訳という行為があるわけです。だから、そういう認識をもってすれば、多様性というのは、そんなに背伸びして求めなくてもすでにそこにあるもので、それとして認識すれば、世界に出ていっても、植村正久(4)ではありませんけれども、弁護士的な立場ではなくて、天真爛漫に堂々と振る舞えるのではないかと考えます。

——権先生は、いまのお話をどのようにお聞きになりましたか。

（**権**）

韓国は、日本以上にグローバル化というと英語教育に力を入れるというふうになっています。要するに、小学校から英語を教えるわけですけれども、それだけではなくて、大学の教育もかなりの部分を大学の教員が英語で行っています。教員が苦しんでいるだけではなく、学生も苦しむのです（笑い）。韓国語でちゃんとしゃべってくれれば理解できるところも、理解できなくなる。あるいは、先生の英語が下手くそで理解に苦しむということもあるわけですけれども、ちょっと度が過ぎると思うのです。日本がそこまで進まないのは、私は非常に幸いだと思っています（笑い）。

以前、朝日新聞の社説欄に「グローバル化と教育」という一文がありました。「いま必要なのは、共生の道を切り開いていける人材を育てることであり、そのために必要なのが、他者との関係性の中で自分を見出すことだ」というようなことが書かれていました。他者との関係性の中で自分を見出すことで、自分がどうあるべきかを決めることができるわけです。異文化を経験することで自己を見出す、ということかもしれません。

たとえば、私たちはみんな、誰かの子ども、そして誰かの親であり、また誰かの夫だったり、妻だったりします。また、誰かの上司であったり、または部下であったり、または先生であったりします。そういう中で、自分がどうあるべきか、それを決定し、行動しているわけです。他者との関係性の中で、自己を見出すということは、自分がどうあるべきかということにつながっていくのです。たとえば、日本人ならば日本人として、ほかの国民あるいは国家との関係性の中で、自分を見出すことにもつながるものだと思うのです。ですから、「教育の中で教えるべきは、他者との関係性の中で自分を見出すことだ」と考えるとすれば、より多様な経験をさせることに、大いに意味はあると思います。現状としては、英語にあまりにも多くの部分を占められることによって、そういうところが犠牲になっている側面は、間違いなくあると思います。

――ラフェイ先生は、いかがですか。

（ラフェイ）

ちょっと批判的な言葉になりますが、英語ができるから、英語圏の人だから友達になりたい、という日本人は少なくないかもしれません。私を紹介するときに「私のアメリカ人の友達」「私の外人の友達」といわれたりします（笑い）。そこで私は、そういう日本人と離れるということになります。私には友達がたくさんいますけれども、「アメリカ人のミシェル」という見方ではなく、国家を超えてミシェルをひとりの人間として見てくれる人たちが、友達として残っています。私たちは、お互いにそういうふうに見ています。その「アメリカ人のミシェル」という見方をするような態度を変えることが、グローバル化だと思います。

日本人と外国人の間に生まれた子どもをハーフといいます。それも、これからは差別用語になっていくと思うのですけれども、「ハーフ」という映画[5]が、いま札幌でかなり話題になっています。映画に出てくる子どもたちも、ハーフということでかなり苦労します。すなわち、日本で育てられて日本語しかできないけれども、アメリカ人とかフランス人っぽい顔というので、英語で話しかけられることが多いのです。それで、えっ⁉という感じになるわけです。私の教えている学生が「英語で話したい」という気持ちが強く、そのへんの外国人に話しかけるときがあります。そうしたとき、私は、まず「英語で話しかけないでください」といいます。なぜなら、学生が話しかけた相手は、英語圏の人ではないかもしれないのです。それこそ、フランス人かもしれない。フランス人が怒るのです、英語で話しかけられて。ですから、まず日本語で「どこから来ましたか」と聞きます。それから判断するわけです。英語圏の人だったら、「英語で話してもいいですか」と聞くべきである、と教えます。そうでなければ、失礼です。ほかの国の人は、いっぱいいるのです。だから、外国人と見れば、何でもかんでも英語で話しかけるという認識が非常に甘いと思うのです。それで、そういうところを授業で一生懸命教えようと思っているのですけれども、そうしたことを学生がどの程度習得していることとか。

七　グローバル化と日本人の国民性

――そのあたり、日本人の国民性とか文化が関係しているのでしょうか。

（ラフェイ）

うーん（笑い）。

（マクシ）

国民性という言説にアレルギーを感じるので……必ずしもそうではないと思います。どこも似たようなものです。そういうカジュアルな差別というのは、世界中どこへ行ってもあるわけなので、不慣れなものに対しては、そういうふうに接することは多いと思います。ただ、「積極的国際化」という話にパネルのディスカッションは、終始していると思うのですが、ラフェイ先生の「消極的国際化」という考え方は(6)、すごく示唆に富んでいると思います。

うちの学部生で、今年、環境学で面白い卒論を書いている人がいます。アメリカ・ニューイングランドのメイン州で漁師たちがうなぎの稚魚をとるのですが、それは一キロ何万ドルという値段なのです。それを誰が買うかというと、日本のうなぎの養殖業者が買うのです。しかし、実のところ、中国の業者が買い占めて日本に高く売るという複雑な貿易関係があって(笑い)、そこには、結局、土用の丑の日にうなぎを食べる日本の食文化が介在するわけです。しかし、なぜ日本でうなぎを食っているのか、アメリカの漁民はまったく関心がありません。そして、日本でうなぎを食べている人も、それがアメリカのうなぎの稚魚から来ていることをまったく認識していません。そのように、まったくパッシブな形でわれわれはすでにグローバル化しています。ところで、アメリカのうなぎの稚魚は少なくなっていて、そろそろ規制を設けないと、うなぎはいなくなってしまうというところまで来ている。とはいえ、アメリカの漁民の生計の問題もあるし、日本での消費の問題もある——ということで、それらが複雑に絡み合っているわけです。

だから、認識していようが、していまいが、もうグローバルなのです。ユニクロを買えば、それは中国の工場でできたものです。だから、そういう世界的なネットワークの広がりを問題設定として研究する形でもグローバル研究になるわけです。日本の近代史にしても、世界的な資源を基に工業化し、近代化した歴史です。だから、ハードなレベルでのグローバル化の研究も重要だと思うのです。単に異文化交流とかソフトなものだけではなくて、もっと硬派な研究課題としてのグローバル化も追求できると思うので、それも念頭に置いておいた方がいいと思います。

八　文学研究科・文学部の果たす役割

――ラフェイ先生の講演の中では「消極的国際化」という話があり、とても示唆に富んだ内容で興味深く思いました。それに関連して、マクシ先生からグローバル化において文学研究科・文学部の果たす役割という話が出てきました。このことについて、白木沢先生は、どのようにお聞きになりましたか。

（白木沢）

先ほど異文化を知るという話が出てきました。私は、新しい時代の日本史を研究していますが、古い時代の研究をしている先生もいて、時代が違ったら、結局、全部が異文化なのです。それから、いまから七十年も前になる昭和の戦争中も、戦前も、やっぱり異文化なのです。そういう意味でいうと、日本語は使っていますけれども、異文化研究になっています。それ以外では、世界中の広範囲なあちこちをフィールドにした先生がそれぞれ研究をやっていますので、異文化研究という点でいうと、すごい熟練者がいっぱいいるわけです。そういう点でいうと、文学研究科・文学部は、グローバル化に近い位置にいるし、それから他者といいますか、違うものを認識するということもみんな慣れているのではないかと思います。ただ、日本社会でよくいわれる過度な協調性は、私たちもまったく同じようにもっている特質だと思います。教員を採用するときに協調性があるかどうかは、一番重要なチェックポイントになっていて、協調性がない教員を同僚として迎えたら大変なことになる、と必ずいわれます。それは、教員の世界でも、それ以外でも、そうでしょうけれども、いまの日本で協調性というのが過度に重んじられます。ですから、グローバル化というのは、他者とか異文化を理解すること、というのは正しいと思うのですけれども、私たちの普段の生活で、それを実践しろといわれたときに、非常に難しいといいますか、日本社会特有のやり方に馴染んでしまっていますよね。グローバル化で、いまのような話になっていったら、結局、日本人が社会で当たり前と思っているやり方自体を相対化するいい機会になるという感じはしています。そういう意味でのグローバル化は、歓迎できると思います。

九　グローバル化とリーダーシップ

——あっという間にこんな時間になってしまい、驚いています。このパネルディスカッションを行うにあたって、あらかじめ会場から質問をいただいていましたのに、まったく触れていなかったことに気づき、焦っている次第です。

質問の中に「グローバル化という前に、日本は、いま何をやっているのか、日本はなぜリーダーシップをとれないのか、疑問に思っています」というのがありました。グローバル化を進める上で、日本はリーダーシップをどのようにとっていこうとしているのかという質問ですが、どなたかお答えいただけないでしょうか。

（権　）

自分の研究に引きつけていいますと、近代において、日本はさまざまな形で日本の役割、使命といったものを主張してきました。たとえば「東西文明を融合する」とか、あるいは戦時中などは「世界の新秩序」を作るとか、そういうことが日本の世界史的な使命として主張されました。しかし、それは大国主義のあらわれでもあったのです。

その一方で、戦後、日本の首相にもなった石橋湛山(7)は、第一次世界大戦後に、大国主義を捨てて、小国主義をとるべきだと主張したのですけれども、それが非常に面白いのです。小国主義で日本が幸福を追求しつつ、同時に役割を担うことができる、ということをいうのです。つまり、植民地を全部捨ててしまえ、捨ててしまった方が日本の利益になる、と——。その前提にあるのが、帝国主義は利益にならないという見方です。大国主義を捨ててしまって、西洋に対しても、植民地の放棄を促す。要するに、道徳的に優位に立って、そういう要求を突きつけるということです。仮に、欧米諸国が尻込みして実現しなくても、日本の道徳的な優位は揺るがないと彼はいいます。また、世界の弱小民族あるいは国家から絶対的な支持を受けることができるだろうと。そういう形で、小国主義で担える役割というものをああいう時代に主張したのは、素晴らしいと思うのです。

近代日本は、非常に特殊な歴史を歩みました。西洋の圧力に耐えた、アジア唯一の国です。その一方で、周辺諸国を侵略したり、植民地にしたりもしています。最後には、大敗を喫して原爆を落とされるという特殊な歴史を歩んだ国として、核の根絶を訴えるとか、戦争をしないとか、そういった世界のどこにもない国際的なモデルというものを日本がもっていた側面はあったと思うのです。でも、これがある種のリーダーシップにつながるとか、ある種の国際的モデルとして世界に貢献できるとか、そういうふうにはなかなか考えない傾向に、最近なりつつあります。とにかく、大国主義に傾く傾向が強い。そういう中で、日本がどちらの道を歩むにしても、小国主義で担える役割というものをもっと議論する、あるいはもっと真剣に考える余地はあると、私は思います。

——いまマクシ先生もうなずきながらお聞きになっていましたけれども、先ほど「武士道」に関する講演をされた流れの中で、「現在の日本政府の動きを、国際化の視点から見てどのように分析されますか」という質問をいただいています。いまの権先生のリーダーシップという話でもよいのですが、現代日本という観点からお答えいただけないでしょうか。

（マクシ）

私は、アメリカ史の同僚、ドイツ史の同僚と三人共同で「世界史的な観点から見る第二次世界大戦」という授業を教えています。その中で、学生たちにいろいろ逆説を突きつけるのです。第二次世界大戦勃発前、世界で超大国に一番近かったのは、大英帝国です。戦後、戦争で一番負けた国は、どこだと思いますか。大英帝国です。戦後復興で一番経済的な発展を遂げたのは、負けた国のドイツと日本です。負けて得をした国というわけです。日本は、結局、戦後の世界秩序に乗っかった形で繁栄してきたわけです。だから、リーダーシップを発揮しなくても、発展しえてきたのです。その発展の世界的な構図が、いま変化している中で、ではどうするか、という舵取りの問題に、日本の政府は直面しているわけです。ところが、権先生のいうとおり、どうしても復古的な回答しか求めない傾向があるのではないかと思います。そこは、まさにグローバルな問題であって、日本国内の問題だけではなくて、世界経済の問題も入っています。だから、世界経済に乗っかって日本の経済が成り立っているということです。

中国の繁栄がいい例です。中国は、やっといま阿片戦争以来、百年間の雪辱を晴らして、大国になろうとしているわけですが、同時に中国は、アフリカから資源を搾取しています。結局、弱小国を作り出す繁栄という構図は、なかなか消えないわけです。そういう世界的なシステムレベルの問題があるので、それを一国の首相のリーダーシップに還元するのも酷ではないかと思うのです。漠然とした議論にはなるのですが、難しいセンシティブな問題ではあります（笑い）。

十　人文学研究の可能性

――マクシ先生、センシティブな問題に無理にお答えいただき、ありがとうございました。さて、グローバル化というテーマでここまで進めてきたわけですが、最後にみなさんに、人文学がグローバル化ということに対して、今後、何ができるのかということと、これから若い人たちがその大部分を担っていかなければならない中で、彼らに対して提言するという形で一言ずつ発言いただきたいと思います。まず、日野さん、お願いします。

（日　野）

人文学で何ができるのかというのは、私にはとても答えられない問題ではあるのですけれども……結語めいたことでお話をさせていただくと、日本人にいま本当に求められることは何かと考えたら、「日本人であるということを自覚し、そのことに誇りをもつこと」に尽きると思っています。日本人であるということにプライドをもつことを忘れ、これだけ美しくも柔軟性に富んだ日本語という言語をもっている日本人であるということにプライドを失いかけている人が多いことが、リーダーシップをとれないことにつながっているのかもしれません。リーダーシップをとろうと思ったら英語で話さなければいけないという思い込みがあるのではないか、と私は強く感じます。やはり日本人として日本語を話し、日本の文化を自らの血脈としているという自分を、まず認めるということが必要だと思います。先生方のお話にもあったように、多様性の中にある自己、他者の中にある自己という意味において、その確立を図る上で絶対に必要なことではないかと思います。

ラフェイ先生の講演の中で、新渡戸の養女が「ナイフ、フォークを使えなければ西洋の客人に笑われるよ、といわれた」という回顧録を書いていたというお話がありましたけれども[8]、日本人が正しく日本語を話せなければ、それも笑われることだと思いますし、日本人が箸を上手に使えなければ、それも笑われることだと思うのです。

英語の話は、きょうたくさんあったのですけれども、それに関してもうひとつ附言するとすれば、母語の日本語がしっかりしていなければ、どれだけ外国語を学んだとしても、決して上手になれるわけがない、どんな外国語も、母語を超えることはないのです。そういう意味において、いまの日本人は日本語を大切に思いながら、それを上手に、最も効果的に使っているのかということに、私は日々疑問をもっております。

ですので、今後、人文学教育において若い人たちに対して心の中に沁《し》み通らせるように徹底していただきたいのは、自分が日本人であるというプライド、日本人であるがゆえの日本文化に対する理解、あるいは日本語を意味のわかるようにしっかりと話せる能力を高めてほしいということです。なぜこんな話をするかというと、そうではない人たちに日々苦しめられているからなのですが……。そのあたり、文学部なり文学研究科においても、大上段に構えることなく、底流にそれが流れていれば十分なのではないかと思うのですけれども、日本に根ざした形での教育なり教養の確立が、今後もう少し強調されていくといいと思います。

――マクシ先生、いかがでしょうか。

（マクシ）

私が近代日本史の通史の授業をするときに、学生にはいつも「ジャパンというのを必ず複数形で使ってほしい」といいます。「日本は一つではない」「絶対複数」「常に必ず複数あるものとして捉えて語ってほしい」と。レポートで“Japan is this.”と書くと、私は、落第させます、書き直しなさい、といいます。誰が、いつ、どのような形でやったのか。日本というのは、行動する主体ではないわけです。日本人というのは、複数いる。日本語も複数。そういうことを前提に、研究教育を推し進めてほしいと思います。

協調性――。うちの大学も、協調性のない人は雇いません（笑い）。敬遠します。それは、日本の国民性ではありません。いままで一人だけ、出る杭《くい》のような人を雇ったら後悔したので、これからはそういう人は雇わないように、うちの学科で申し合わせてあります（笑い）。それは万国共通であると思います。協調性のない人は協調性のない人であると思います。

アンネ・フランクの書籍が破られる事件(9)がありましたが、日本研究者の同僚がフェイスブックでその記事を載せたのです。そうしたら、私の面識のない日本人の女性が英語で、“I'm so very sorry, us Japanese.”と書いたのです。そうしたらみんな「どうしてそんなことをいうの?」と。だから、逆に私は、日本人であることにこだわらないでほしいと思うのです。もっと大らかにしていてほしい。それにあまりこだわらないことが自信だと、私は思います。そういう形での研究領域とか、教育方針というのを求めていってもらいたいと思います。

――ラフェイ先生、どうぞ。

（ラフェイ）

さっきのリーダーシップのお話に加えて話したいと思います。子どもの虐待、いじめ、ネグレクトの問題に関する日本人の研究グループが、アメリカ、イギリス、オーストリア、フィンランド、スウェーデン、韓国に行って、それぞれの国の教育者に、どのように虐待とネグレクトの問題を解決しているか、あるいはどうすれば予防できるか聞いていました。リーダーシップは、必ずしも国がとるものではなく、これからは、たとえば、いじめ問題にしても、先生、教育者がリーダーシップをとるべきだと思っています。どんな国でも必ずいいところはあります。そのアプローチは、日本と異なるものかもしれないけれども、そこから得られるものがあるはずです。ですから、日本人も、自分たちのシステムにもいいところがあって、それを外国に伝えたら使えるかもしれないということで、自信をもってリーダーシップをとってほしいと思うのです。先生たちは、各国の人たちと話して、解決策を考えたらいいと思うのです。総合的な解決を考えることは、グローバル化ではないかと思います。これからは、国がリーダーシップをとるのではなくて、先生がリーダーシップをとる、エンジニアがリーダーシップをとるということです。たとえば、環境問題だったら、エンジニアか環境の専門家がリーダーシップをとって、どのように解決するか、いろんな国の人たちを入れて考えるべきではないかと思います。

――権先生、お願いします。

（権）

英語の壁という問題をカバーする上で必要なことは、国語力と考える力だと思います。それがなければ、どんなに英語を勉強しても会話力はつかないと思いますので、本を読むことと、大学で一生懸命考える訓練を積むことをお勧めします。

話は変わりますけれども、新渡戸稲造は、いまや北海道大学の顔といってもいいような人物です。そういう新渡戸の話を私などにやらせたら、新渡戸批判をするに違いないとわかっていて私をここに送り出した北海道大学の文学研究科は、素晴らしいと思います(笑い)。開かれた姿勢がいいと思います。あるいは、度量が大きいといってもいいですね。そういうところを買っていただいて、お孫さんとかお子さんを北海道大学に送ってください(笑い)。

韓国人として新渡戸の弱点みたいなところをいつもいうのは、非常に気が引けるところですけれども、これからは自分の研究を一歩進めて、もっと大きな視点から見ていくことも考えていきたいと思います。

――それでは最後に、白木沢先生、お願いします。

（白木沢）

第一部の講演を含めて、グローバル化を議論するときに、国家間関係と、市民レベルというか個人レベルというものとはまったく違う次元のものとして考えなければいけないということはよくわかりました。

新渡戸稲造についても、個人として素晴らしい実績もいっぱいあるのですが、特に晩年というか、満州事変以降は、国際連盟の事務次長も辞めていますし、当時の日本の外務省の立場を代弁するために、アメリカで遊説するということになってしまうのでしょうね。そうすると、当時の日本政府の立場でしか、ものがいえないということです。新渡戸評価のときには、必ずそこはマイナスの評価として点数が下がってしまうのですが、考えてみたら無理もないところがある。われわれは、その問題に直面をしていて、グローバル化をするときに、個人レベルで自由に……要は、異文化、異質なものも受け入れるような人間になってもらうということと、実際に日本の国益とか国家のリーダーシップ、そういうところも実は問題になっていて、だからそれをごっちゃにするのはよくないと思うのです。それは、違う次元のことなのです。私たちの教育や研究の世界でいうと、人間の育成をしているわけなので、グローバル人材、グローバルな人にはたくさん育ってほしいし、自分自身もそうありたいと思っております。

いろんな提言を、権さんと私は持ち帰って、ここにいる文学研究科の先生方はそれを実践しないといけません。そういう意味では、注文として承らなければいけないと思います。

――パネリストのみなさん、どうもありがとうございました。これで、パネルディスカッションを終了とさせていただきます。（拍手）

（1）一八六一～一九三〇年。キリスト教無教会主義の創始者。札幌農学校卒業後、アメリカに留学し、一八八七年、アマースト大学を卒業、理学士の学位を受けた。

（2）一八四三～九〇年。宗教家、教育者。一八七〇年、アマースト大学を卒業、理学士の学位を受けた。同志社英学校を創設した。

（3）老夫婦の東京旅行を通して、人間の生と死、家族の絆などを描いた日本映画。一九五三年制作・公開。

（4）一八五七～一九二五年。キリスト教の伝道者、牧師、神学者。日本におけるキリスト教教会の形成に大きな役割を果たした。

（5）西倉めぐみ、高木ララの二人が監督・撮影したドキュメンタリー映画。日本在住のハーフたちが、何を感じて何に悩み、どのように生きているか、その本音に迫った作品。二〇一三年制作・公開。

（6）本書第II部第五章「新渡戸稲造と札幌農学校の国際人」一三九頁以下参照。

（7）一八八四～一九七三年。第五十五代内閣総理大臣。大正デモクラシーにおけるオピニオンリーダーとして、平和的な貿易立国論を唱え、植民地の放棄を主張した。
（8）　本書第II部第五章「新渡戸稲造と札幌農学校の国際人」一四六頁参照。
（9）　二〇一四年二月、東京都内の図書館所蔵の『アンネの日記』とその関連図書三百冊以上が破損された事件。

（附記）　本稿は、平成二十六年三月二十一日、東京丸の内の「ステーションコンファレンス東京」で開催された北海道大学大学院文学研究科・文学部主催の国際シンポジウム「新渡戸稲造とこれからのグローバル化――『武士道』と国際人」において、第一部の「国際人　新渡戸稲造」に関する講演に引き続いて行われた第二部のパネルディスカッション「人文学研究のグローバル化とその可能性」の録音記録に基づきながら、一部加除等の編集を行ったものです。編集にあたっては、各パネリストの発言内容を明確にしつつ、あわせて会場の雰囲気を伝達することに努めましたが、なかには不明瞭な部分が残っているかもしれません。それらの責任は、すべて編者にあります。

読書案内

新渡戸稲造ならびに『武士道』に関する参考図書は、数多く存するが、そのうち、本書と関わりの深いものを紹介する。入手可能な書籍を中心に取り上げるが、現在、絶版中のものも含まれている。ただし、図書館などには所蔵されている場合もあるので、確認いただければ幸いである。

■新渡戸稲造関係

◇入門書

・柴崎由紀『新渡戸稲造ものがたり』(銀の鈴社、二〇一二年)

新渡戸稲造がどのような人物か、その生涯を追いながら、わかりやすく解説した書。初学者にも興味がもてるよう、多数の写真を掲載しつつ、平易な文章で記述されており、恰好の入門書といえる。

・加藤武子/寺田正義『マイグランパ新渡戸稲造』(朝日出版社、二〇一四年)

加藤武子氏は、新渡戸稲造の孫。第一部は、孫の目から見た新渡戸のありのままの姿が、寺田正義氏との対談の中で語られている。第二部は、新渡戸の信仰・思想・行動について、寺田氏が簡潔に解説する。

・北海道大学大学文書館『新渡戸稲造ストーリー――札幌農学校からの行路』（北海道大学新渡戸カレッジ、二〇一四年）

主に札幌農学校・北海道大学との関わりとの観点から、新渡戸稲造の生涯をたどったブックレット。鮮明なカラー写真を用いながら、全八章において、簡明な解説が施される。章末に配されたコラムも興味深い。

◇専門書・研究書

・南原繁他監修・高木八尺他編集『新渡戸稲造全集』（教文館、一九八三〜二〇〇一年）

全二十三巻、別巻、別巻二。当初、新渡戸稲造の全集は、一九六九年から一九七〇年にかけて、計十六巻が刊行された。本全集は、それを受けて、既刊の十六巻を再版の上、十七巻以降について、順次刊行したものである。新渡戸研究に関する基礎的な資料が網羅的に収録される。

・松隈俊子『新渡戸稲造』（みすず書房、一九六九年、一九八一年増補版）

著者は、新渡戸が学長を務めた東京女子大学の一期生。新渡戸の著書、日記、書簡などを実地調査した上で、その生涯を九章に分けて、丁寧に解説する。

・佐藤全弘『新渡戸稲造――生涯と思想』（キリスト教図書出版社、一九八〇年）

新渡戸の生涯とその思想に対する本格的な研究書。新渡戸の思想全体について、人生観、国家観、教育観、宗教観といった角度から、詳細に論述する。

・太田雄三『〈太平洋の橋〉としての新渡戸稲造』（みすず書房、一九八六年）

新渡戸の評価は、一様ではないことを前提とした上で、その真の姿に迫ろうとした論考。二部から構成され、第一部は、外国に対して日本文化を紹介した新渡戸の仕事を全般的に記述した概論、第二部は、新渡戸の評価が分かれる満州事変後のアメリカでの講演活動や英文の著作に関する綿密な分析になっている。

・ジョージ・オーシロ『新渡戸稲造――国際主義の開拓者』(中央大学出版部、一九九二年)
日系ハワイ三世の近代日本史研究者による論考。三部構成で、全八章からなる。日本はもとより、アメリカの図書館・文書館所蔵の当時未発表の資料を総覧した上で、評伝的な形式で、新渡戸稲造の全体像を描こうとしたところに特色がある。

・草原克豪『新渡戸稲造 1862-1933 我、太平洋の橋とならん』(藤原書店、二〇一二年)
新渡戸の幅広い活動を総合的に把握することを目的とし、その人生の軌跡をたどりつつ、教育、植民学、国際理解・平和などの分野における具体的な事績を解明しようとした研究書。八部構成で、全十六章からなる。

・佐藤全弘・藤井茂編『新渡戸稲造事典』(教文館、二〇一三年)
新渡戸に関する従前の研究成果を踏まえながら、その生涯、著作、思想、教育などを多角的な観点から編集した初の事典。詳細な年譜が掲載されるほか、二百点以上の貴重な写真が収録される。

■『武士道』関係

◇翻訳書

・矢内原忠雄訳『武士道』(岩波文庫、岩波書店、一九三八年、一九七四年改版)
新渡戸の弟子の手になる古典的名訳として、つとに知られる。ただし、戦前の出版であるため、文章がやや難解に思われるかもしれない。

・佐藤全弘訳『武士道』(教文館、二〇〇〇年)
従来の翻訳を比較検討した上で、原文を忠実に訳出した書。本文下段に豊富な注釈が掲載されている。

・山本博文訳『現代語訳 武士道』(ちくま新書、筑摩書房、二〇一〇年)
近世日本政治・外交史を専門とする研究者による現代語訳。わかりやすく読めるよう、平明な文章で訳出されている。

・夏川賀央訳『武士道』(致知出版社、二〇一二年)
読みやすさを追求したとあるとおり、こなれた現代語に翻訳されている。全文を一気に読破するには最適の書といえる。

◇解説書

・山本博文『新渡戸稲造 武士道』(NHK「一〇〇分 de 名著」ブックス、NHK出版、二〇一二年)
NHKの放送番組のテキストに基づいて出版された書。正義・名誉・忍耐などの視点から『武士道』を簡明に解説する。巻末に明石康(元国連事務次長)との対談が収録される。

■その他

・NHK取材班『日本人は何を考えてきたのか 大正編「一等国」日本の岐路』(NHK出版、二〇一二年)
第一章「東と西をつなぐ――内村鑑三と新渡戸稲造」において、新渡戸のキリスト教との出合い、また新渡戸の国際平和への取り組みが具体的に記される。

新渡戸稲造略年譜　（年齢は数え年）

西暦（元号）	齢	事項	著作	日本と世界の動き
一八六二（文久2）	1	八月八日（新暦九月一日）、父・十次郎と母・勢喜の三男として盛岡に生まれる。幼名は稲之助。		生麦事件。
一八六三（文久3）	2			薩英戦争。ジュネーヴ条約。
一八六七（慶応3）	6	父・十次郎死去。		大政奉還。
一八六八（慶応4・明治元）	7	稲之助から稲造と改名する。		戊辰戦争。五箇条の誓文・五榜の掲示。明治維新。
一八六九（明治2）	8			東京遷都。版籍奉還。開拓使設置。
一八七〇（明治3）	9			普仏戦争（〜一八七一）。
一八七一（明治4）	10	上京。叔父・太田時敏の養子となり、太田稲造と改名する。祖父・傳死去。		廃藩置県。岩倉使節団の欧米視察。
一八七二（明治5）	11	共慣義塾に入学する。		開拓使仮学校設置。太陽暦採用。
一八七三（明治6）	12	東京外国語学校に入学する。		五榜の掲示撤廃。
一八七六（明治9）	15	明治天皇の東北巡幸の下賜金で、英語の聖書を購入する。		札幌農学校開校。W・S・クラークが教頭として着任。

一八七七（明治10）	16	札幌農学校に二期生として入学する。「イエスを信ずる者の契約」に署名する。		W・S・クラーク帰国。西南戦争。東京大学創立。
一八七八（明治11）	17	M・C・ハリスによりキリスト教の洗礼を受ける。クリスチャンネームはパウロ。		ベルリン会議。
一八八〇（明治13）	19	母・勢喜死去。 カーライル『サーター・レザータス』を入手し、ジョージ・フォックスの事績を知る。		
一八八一（明治14）	20	札幌農学校を卒業し、開拓使民事局勧業課に勤務する。		札幌独立キリスト教会創立。
一八八二（明治15）	21	農商務省御用掛に勤務する。 札幌農学校兼務を命じられ、予科で教鞭を執る。		開拓使廃止。三国同盟。
一八八三（明治16）	22	上京し、東京大学に入学する。面接時に「太平洋の橋になりたい」と述べる。		
一八八四（明治17）	23	次兄・道郎死去。 東京大学を退学する。渡米し、アレゲニー大学に入学する。 ジョンズ・ホプキンス大学に転学する。経済学・歴史学・文学などを専修する。		

		クエーカーの集会に出席する。		
一八八六（明治19）	25	クエーカーの茶会でメリー・エルキントンと出会う。 クエーカーとなる。		
一八八七（明治20）	26	札幌農学校助教に任じられ、ドイツ留学を命じられる。 イギリス・オランダなどを旅行する。 ドイツのボン大学に入学する。農政・農業経済学を研究する。		
一八八八（明治21）	27	ベルギーのド・ラヴレー教授宅を訪問する。 ベルリン大学に転学する。農業史・農政学・統計学を研究する。		
一八八九（明治22）	28	長兄・七郎が死去し、新渡戸姓に戻る。 ハレ大学に転学する。農業経済・統計学を研究する。		大日本帝国憲法発布。
一八九〇（明治23）	29	ハレ大学より哲学博士号を受ける。ジョンズ・ホプキンス大学より名誉文学士号を受ける。 姉・峯の孫娘・琴子（後に新渡戸の養女）が生まれる。	『日本土地制度論』（独文）出版。	教育勅語発布。

一八九一(明治24)	30	メリー・エルキントンとフィラデルフィアで結婚し、日本に帰国する。 札幌農学校教授となる。	『日米関係史』(英文)出版。	内村鑑三不敬事件。大津事件。
一八九二(明治25)	31	長男・遠益が生まれるが、八日後に死去。 メリーの療養のため、ともに渡米。その後、一人で帰国する。 姉・喜佐の次男・孝夫(後に新渡戸の養子)が生まれる。		
一八九三(明治26)	32		『ジョージ・フォックス伝』出版。	殖民協会創立。
一八九四(明治27)	33	遠友夜学校を創設する。メリー帰国。	『ウィリアム・ペン伝』出版。	朝鮮で甲午農民戦争。日清戦争(〜一八九五)。
一八九五(明治28)	34	札幌農学校教頭となる。同校舎監を兼任する。	『建国美談——ウヰリヤム・ペン小伝』出版。	下関条約。
一八九七(明治30)	36	札幌農学校教授を辞職し、鎌倉で療養する。		
一八九八(明治31)	37	沼津、伊香保で療養する。 渡米し、カリフォルニアで療養する。 『武士道』の執筆を開始する。	『農業発達史』・『農業本論』出版。	

一八九九（明治32）	38	帝国大学評議員会から農学博士号を受ける。		
一九〇〇（明治33）	39	ヨーロッパ視察旅行。パリ万国博覧会の審査員となる。	『武士道』（英文）出版。	北清事変。
一九〇一（明治34）	40	台湾総督府技師となる。台湾総督府民生部殖産局長心得となる。ジャワ、マニラ、オーストラリアを訪問する。		
一九〇二（明治35）	41	後藤新平と欧米諸国を旅行する。臨時台湾総督府糖務局長となる。		日英同盟。
一九〇三（明治36）	42	京都帝国大学法科大学教授を兼任する。		
一九〇四（明治37）	43	京都帝国大学法科大学専任教授となる。		日露戦争（〜一九〇五）。
一九〇五（明治38）	44	琴子と同居する。		
一九〇六（明治39）	45	京都帝国大学から法学博士号を受ける。第一高等学校校長となる。韓国へ出張する。		
一九〇七（明治40）	46		『随想録』・『帰雁の蘆』出版。	日米紳士協約。

一九〇八(明治41)	47		『武士道』(日本語訳)出版。	
一九〇九(明治42)	48	実業之日本社編集顧問となる。東京帝国大学法科大学教授を兼任する。		
一九一〇(明治43)	49		『ファウスト物語』出版。	日韓併合。
一九一一(明治44)	50	第一回日米交換教授として渡米し、各大学で講演する。	『修養』出版。	日米新通商航海条約。辛亥革命。
一九一二(明治45・大正元)	51	ブラウン大学より名誉法学博士号を受ける。	『世渡りの道』出版。	中華民国建国、清滅亡。
一九一三(大正2)	52	東京帝国大学法科大学専任教授となる。		
一九一四(大正3)	53		『折にふれ』出版。	第一次世界大戦(〜一九一八)。
一九一五(大正4)	54	養父・太田時敏死去。琴子を養女にする。	『一日一言』・『人生雑感』出版。	
一九一六(大正5)	55	フィリピン、ボルネオ、シンガポール、香港へ出張する。	『自警』出版。	
一九一七(大正6)	56	東洋協会植民専門学校(後の拓殖大学)学監となる。養子・孝夫と養女・琴子が結婚。	『婦人に勧めて』出版。	ロシア革命。

一九一八(大正7)	57	東京女子大学初代学長となる。孫・誠が生まれる。		シベリア出兵(〜一九二二)。
一九一九(大正8)	58	後藤新平とともに、欧米へ視察旅行する。	『米国建国史要』・『一人の女』出版。	三・一運動。五・四運動。パリ講和条約(ヴェルサイユ条約)。
一九二〇(大正9)	59	国際連盟事務次長となる。ロンドンに居住するが、後にジュネーヴに転居する。孫・武子が生まれる。		国際連盟発足。
一九二一(大正10)	60	バルト海オーランド諸島帰属問題を収拾する。		四ヶ国条約。日英同盟廃棄。
一九二二(大正11)	61	知的協力委員会が創設され、第一回会合の事務局長を務める。		ワシントン海軍軍縮条約。
一九二三(大正12)	62	東京女子大学名誉学長となる。		関東大震災。オスマン帝国滅亡。
一九二四(大正13)	63	一時帰国する。		アメリカで排日移民法成立。
一九二五(大正14)	64	帝国学士院会員となる。		
一九二六(大正15・昭和元)	65	国際連盟事務次長を辞任する。貴族院議員となる。		
一九二七(昭和2)	66	帰国する。		ジュネーヴ海軍軍縮会議。
一九二八(昭和3)	67	女子経済専門学校(後の新渡戸文化学園)初代校長となる。	『東西相触れて』出版。	張作霖爆死事件。パリ不戦条約。

一九二九(昭和4)	68	大阪毎日新聞・東京日日新聞の編集顧問となる。 太平洋問題調査会理事長となる。 京都で開催の太平洋会議の議長を務める。 拓殖大学名誉教授となる。		世界恐慌。
一九三〇(昭和5)	69			ロンドン海軍軍縮会議。霧社事件。
一九三一(昭和6)	70	上海で開催の太平洋会議に出席する。	『偉人群像』出版。	満州事変。
一九三二(昭和7)	71	松山事件。 メリーとともに渡米し、カリフォルニア州の大学で講義する。 ハーヴァホード大学より名誉法学博士号を受ける。		上海事変。満州国建国。五・一五事件。
一九三三(昭和8)	72	南カリフォルニア大学より名誉法学博士号を受ける。 メリー、心臓発作のため、アメリカで療養。一人で帰国する。 カナダで開催の太平洋会議出席のため、バンクーバーへ赴く。 メリーとともに誕生日を祝う。 ヴィクトリアのロイヤル・ジュビリー病院	『内観外望』出版。	日本、国際連盟から脱退。

		に入院する。		
一九三四(昭和9)		十月十五日(日本時間十六日)、死去。	『西洋の事情と思想』・『人生読本』・『幼き日の思い出』(英文)出版。	
一九三六(昭和11)			『読書と人生』・『日本の文化』(英文)出版。	二・二六事件。
一九三七(昭和12)				盧溝橋事件。日中戦争(〜一九四五)。南京事件。
一九三八(昭和13)		九月、メリー、軽井沢で死去。	『編集余録』(英文)出版。	国家総動員法。

(ステファニー・ミドリ・コマシン作成)

あとがき

　昨年十月、本学理事・副学長の川端和重教授から、文学研究科に対して、次のような提案があった。提案とは、平成二十五年度文部科学省研究強化促進事業支援の採択を得たので、北海道大学大学院文学研究科の研究力を全国に発信する企画を立案してほしいという内容であった。

　当時、文学研究科長の任にあった私としては、それこそ絶好の機会ととらえ、早速、文学研究科の執行部である総務委員会において前向きに検討するとともに、「新渡戸稲造」「グローバル化」をキーワードとした国際シンポジウムを、札幌ではなく東京で、開催する方針を固めた。それと同時に、白木沢旭児教授（副研究科長）、山本文彦教授（副研究科長）、佐々木啓教授（総務委員）、私の四人からなる実行委員会を組織し、本学理事・副学長である新田孝彦教授の助言を受けつつ、研究推進室の真弓麻実子さん、森岡和子さん、さらには事務職員の全面的な協力を得ながら、準備を開始した。

　まず、シンポジウムの開催日時と会場を設定するとともに、その具体的な内容として、講演とパネルディスカッションの二部構成にすることを決定した。続けて、登壇候補者をリストアップした上で、個別に依頼するとともに、打ち合わせを重ね、シンポジウム全体の形を整えていった。すべて順調に進むかのように思われたが、東京という遠隔地で開催することのハンデは意外に大きく、会場設営に向けての段取り、首都圏での広報活動など、思うようにはかどらないことも少なくなかった。ただ、そうした課題は、関係者による各方面への積極的な働きかけと尽力によって、ひとつひとつ解決され、何とか当日を迎えるに至った。

かくして、本年三月二十一日(午後一時より六時まで)、東京丸の内の「ステーションコンファレンス東京」において、国際シンポジウム「新渡戸稲造とこれからのグローバル化――『武士道』と国際人(Nitobe Inazo and Future Globalization: *Bushido* and World Citizens)」を開催することができた。そのプログラム内容を示すと、以下のとおりである。

〈開会挨拶〉弥　和順(北海道大学大学院文学研究科長)

〈第一部〉テーマ「国際人 新渡戸稲造」

・「新渡戸稲造と札幌農学校の国際人」

ミシェル・ラフェイ(北海道教育大学准教授)

・「二十一世紀に読む『武士道』」

トレント・マクシ(アメリカ・アマースト大学准教授)

・「新渡戸稲造の光と影」

権　錫永(北海道大学大学院文学研究科教授)

・進行　佐々木　啓（北海道大学大学院文学研究科教授）

〈第二部〉パネルディスカッション

「人文学研究のグローバル化とその可能性」

・パネリスト

トレント・マクシ（アメリカ・アマースト大学准教授）

ミシェル・ラフェイ（北海道教育大学准教授）

権　錫永（北海道大学大学院文学研究科教授）

日野　峰子（会議通訳者、北海道大学文学部出身）

白木沢旭児（北海道大学大学院文学研究科教授）

・コーディネーター　曽根　優（NHKアナウンサー、北海道大学文学部出身）

〈閉会挨拶〉新田　孝彦（北海道大学理事・副学長）

なお、当初の計画では、第一部において、山本博文教授（東京大学史料編纂所）の講演も含まれていたが、最終的に日程調整がつかず、断念せざるをえなかった。

シンポジウム当日は、東京の本会場には二百七人の来場者があった。また北大内に札幌会場を設け、テレビ回線を通じて同時中継したが、同会場にも七十三人の参加者があった。両会場で行ったアンケートによると、シンポジウム全体として八五％が満足したという回答があり、たとえば、

「講演の内容が多面的で興味深かった」「ユニークで国際的な視点からの報告が素晴らしかった」「はじめて知ることが多く新鮮であった」「国際社会の中では日本語が大切であることを再認識した」といった感想や意見が寄せられた。このような結果を踏まえ、実行委員会としては、来場者数はもとより、その内容においても、目的はほぼ達成できたと自負している。

シンポジウムの模様は、その一部を除いて、現在、北大オープンコースウェア(OCW)において、動画を閲覧することができる。しかしながら、実行委員会のメンバーからは、せっかくのシンポジウム開催ゆえ、その内容をわかりやすくまとめ、書物にすれば、さらなる社会貢献につながるという意見が出た。そこで、佐々木教授と私とが、北大文学研究科ライブラリの一書として出版すべく、編集を担当することになった。

さて、本書は、シンポジウムに基づきながら、三部構成にした。具体的には、第I部は「新渡戸稲造と『武士道』」とし、当初講演を予定していた山本博文教授、編者の佐々木教授と私が寄稿した。第II部は「歴史の中の国際人 新渡戸稲造」とし、トレント・マクシ准教授、ミシェル・ラフェイ准教授、権錫永教授による当日の講演内容を中心にまとめた。また、第III部は「人文学研究のグローバル化とその可能性」をテーマとしたパネルディスカッションの模様について、録音に基づきながら、文章化を図ったものである。

それに加えて、読者の便を図るために、巻末に「読書案内」と「新渡戸稲造略年譜」を附したが、同年譜は、北大大学院文学研究科博士後期課程在学中のステファニー・ミドリ・コマシンさんが作成したものである。

本書の編集作業の段階においても、シンポジウム開催と同様、さまざまな方のお世話になった。なかでも、文学研究科図書出版専門部会長の加藤重広教授、北海道大学出版会の平山陽洋氏、円子幸男氏には、特段の配慮をたまわった。

ひるがえってみれば、川端教授の提案を受けてより一年あまり。それこそ、あわただしい日々の中で、東京でのシンポジウムを開催するとともに、その成果をこうして一書にまとめることができたのは、何より多数の関係者の献身的な協力と支援があってのことである。ここに全員の名前を記すことはできないが、いまひとりひとりの尊顔を思い浮かべながら、衷心より謝意を表する次第である。

平成二十六年十一月

北海道大学大学院文学研究科
弥 和順

写真・図出典一覧

第 2 章
写真 1
資料名：新渡戸稲造写真［宮部金吾旧蔵写真 0483-152］
撮影年：1919 年頃
所　蔵：北海道大学植物園
写真 2
資料名：新渡戸稲造来校時集合写真［遠友夜学校関係資料 0116］
撮影年：1931 年
所　蔵：北海道大学大学文書館
写真 3
出　典：Inazo Nitobe, *BUSHIDO　The Soul of Japan*, Philadelphia: The Leeds & Biddle Co., 1900
図 1～図 10
出　典：高明編『古文字類編』(中華書局版)，東方書店，1987 年

第 3 章
写真 1
所　蔵：札幌独立キリスト教会
写真 2
資料名：生涯の友新渡戸，宮部，内村
撮影年：1883 年
出　典：北海道大学附属図書館編『明治大正期の北海道　写真編』北海道大学図書刊行会，1992 年

第 4 章
図 1～図 4
筆者作成

第 5 章
写真 1
資料名：新渡戸稲造，メリー夫妻／小川(東京)［北大(人物)B-26］

撮影年：1891年頃
所　蔵：北海道大学附属図書館

写真2
資料名：W. P. ブルックス／武林(札幌) [ブルックス47]
撮影年：1879年
所　蔵：北海道大学附属図書館

写真3
撮　影：「エルウィン」のエリオット・サイモン院長

第6章

写真1
所　蔵：北村生活史資料館

図1，2
筆者作成

パネルディスカッション

写真4点
撮　影：北海道大学大学院文学研究科

執筆者紹介（執筆順）

山本博文（やまもと ひろふみ）　一九五七年岡山県生、東京大学大学院人文科学研究科修士課程修了。博士（文学）。現在、東京大学史料編纂所教授。著書に『赤穂事件と四十六士』（吉川弘文館、二〇一三年）、『歴史をつかむ技法』（新潮新書、二〇一三年）、『武士道の名著』（中公新書、二〇一三年）など。

弭和順（ゆはず かずより）　一九五九年三重県生、北海道大学大学院文学研究科博士後期課程単位取得退学。現在、北海道大学大学院文学研究科教授（中国文化論講座）。著書に『論語　珠玉の三十章』（大修館書店、二〇〇七年）、『概説　中国思想史』（分担執筆、ミネルヴァ書房、二〇一〇年）。

佐々木啓（ささき けい）　一九五九年東京都生、北海道大学大学院文学研究科博士後期課程退学。現在、北海道大学大学院文学研究科教授（宗教学インド哲学講座）。著書に『中川秀恭先生八十五歳記念論文集　なぜキリスト教か』（分担執筆、創文社、一九九三年）、『聖と俗の交錯』（分担執筆、北海道大学図書刊行会、一九九三年）、訳書に『聖書解釈学』（ポール・リクール著、共訳、ヨルダン社、一九九五年）。

トレント・マクシ（Trent Maxey）　一九七四年鹿児島県生、アメリカ合衆国コーネル大学博士課程修了。Ph.D.　現在、アメリカ合衆国アマースト大学准教授（歴史）。著書に *The "Greatest Problem": Religion and State Formation in Meiji Japan* (Harvard University Asia Center, 2014), *Re-Inventing Tokyo: Japan's Largest City in the Artistic Imagination* (contributing author, New England University Press, 2012).

ミシェル・ラフェイ（Michelle La Fay）　一九六七年アメリカ合衆国アイダホ州生、北海道大学大学院文学研究科博士後期課程修了。博士（文学）。北海道教育大学旭川校を経て、二〇一四年四月より北海道大学大学院文学研究科特任准教授（国際交流室）。著書に『なまら内村鑑三なわたし――二つの文化のはざまで』（柏艪社、二〇一一年）、論文に「新渡戸稲造と内村鑑三の武士道」（『基督教學』第四十五号、二〇一〇年）。

権　錫　永（クォン　ソギョン）　一九六四年韓国生、北海道大学大学院文学研究科博士後期課程修了。博士（文学）。現在、北海道大学大学院文学研究科教授（歴史文化論講座）。著書に『オンドルの近代史――オンドルをめぐる朝鮮人の暮らしと歴史』（一潮閣（ソウル）、二〇一〇年）、『岩波講座文学　第二巻　メディアの力学』（分担執筆、岩波書店、二〇〇二年）、論文に「帝国主義と「ヒューマニズム」――プロレタリア文学作家を中心に」（『思想』第八八二号、一九九七年）。

日野峰子（ひの　みねこ）　一九五九年北海道生、北海道大学文学部卒業。現在、会議通訳者・ISSインスティテュート講師。二十年にわたり世界医師会総会および理事会での通訳を務める。ほかに日経フォーラム世界経営者会議、国連防災世界会議パブリックフォーラム等、年間二百二十日は会議通訳者として稼働するかたわら、二十五年にわたり後進の指導・育成にも精力的に取り組む。二〇〇八年より官公庁向け政策情報誌『毎日フォーラム』にコラムを連載中。ブログ「通訳クラブ」にも転載。

白木沢旭児（しらきざわ　あさひこ）　一九五九年宮城県生、京都大学大学院農学研究科博士課程単位取得退学。博士（経済学）。現在、北海道大学大学院文学研究科教授（日本史学講座）。著書に『大恐慌期日本の通商問題』（御茶の水書房、一九九九年）、『日中両国から見た「満洲開拓」――体験・記憶・証言』（共編著、御茶の水書房、二〇一四年）。

〈北大文学研究科ライブラリ 11〉
新渡戸稲造に学ぶ──武士道・国際人・グローバル化

2015年5月29日　第1刷発行

編著者　弥　和順
　　　　佐々木　啓

発行者　櫻井義秀

発行所　北海道大学出版会
札幌市北区北9条西8丁目 北海道大学構内（〒060-0809）
tel. 011(747)2308・fax. 011(736)8605 http://www.hup.gr.jp/

㈱アイワード

ISBN978-4-8329-3391-0

「北大文学研究科ライブラリ」刊行にあたって

このたび本研究科は教員の研究成果を広く一般社会に還元すべく、「ライブラリ」を刊行いたします。これは「研究叢書」の姉妹編としての位置づけを持ちます。「研究叢書」が各学術分野において最先端の知見により学術世界に貢献をめざすのに比し、「ライブラリ」は文学研究科の多岐にわたる研究領域、学際性を生かし、十代からの広い読者層を想定しています。人間と人間を構成する諸相を分かりやすく描き、読者諸賢の教養に資することをめざします。多くの専門分野からの参画による広くかつ複眼的視野のもとに、言語と心魂と世界・社会の解明に取りくみます。時には人間そのものの探究へと誘う手引きとして、また時には社会の仕組みを鮮明に照らし出す灯りとして斬新な知見を提供いたします。本「ライブラリ」が読者諸賢におかれて「ひとり灯のもとに文をひろげて、見ぬ世の人を友」(『徒然草』一三段)とするその「友」となり、座右に侍するものとなりますなら幸甚です。

二〇一〇年二月

北海道大学文学研究科